DIAS

DE

PAIXÃO

Beto não queria acreditar nas palavras que tinha lido no seu telemóvel na noite anterior. Triste e desiludido, decidiu não cancelar a viagem que tinha preparado para si e o seu grande amor. Só que aquelas palavras que lera na noite passada ainda tinham efeito cortante, tal como facas a espetar-lhe o coração:

"Desculpa, tenho bastante trabalho e uma relação agora só iria atrapalhar. Desejo-te as maiores felicidades. Beijinhos"

De modo que de manhã, bem cedo, e após quase nem ter dormido, Beto está no aeroporto para aproveitar a viagem que tinha marcado com a namorada. Ia pedir-lhe em casamento, fazer-lhe uma surpresa. Mas ela disse, por SMS que não estava a dar… e que cada um deveria seguir com as suas vidas. Como já não podia anular a reserva, decidiu ir na mesma. Afinal, não era todos os dias que se podia aproveitar de uma estadia num hotel perto da praia, com massagem, piscina aquecida e um bar de sumos naturais a meia dúzia de metros, mesmo ali em frente à praia! E apesar dele não saber falar espanhol, o seu amor (agora ex-namorada) safava-se muito bem.

"Agora já nem sei como me vou safar", pensou, enquanto estava dentro do avião, "não percebo patavina de espanhol, e falar, ainda sei menos"!

De repente, lembrou-se: "Espera aí… eu fiz a reserva com uma menina portuguesa! Será que ela ainda trabalha no hotel? Ia dar-me imenso jeito…"

Nisto, ouve-se uma voz:: "Ladies and gentlemen, we are starting our descending, please remain on your seats and fasten your seatbelts. Senhoras e senhores, vamos começar o processo de aterragem, por favor mantenham-se nos vossos lugares e apertem os cintos de segurança…"

"Óptimo, já vamos aterrar", pensou Beto, enquanto se ouviam os cintos a fazer *click! click!*

uns atrás dos outros. Seguidamente, o avião inicia as descidas graduais, e Beto, que não estava habituado, fica um pouco assustado:

- Livra, o que é isto?

Enquanto o avião vai baixando, Beto começa a ver melhor o local onde vai ficar, reparando que há algumas nuvens no céu.

- Hum, espero que não chova, que este local é lindo! Pena que esteja sozinho... mas não se pode ter tudo!

Entretanto, o avião aterra e Beto respira o ar ligeiramente abafado daquele clima tropical, ficando novamente triste por ter de estar ali sem aquela que poderia vir a ser a sua "companheira de armas", como ele gostava de lhe chamar na brincadeira.

Ainda assim, pegou nas malas, abriu o panfleto que tinha tirado da internet no dia anterior e perguntou à primeira pessoa que encontrou:

- Desculpe, Hotel de La Playa?

Vendo que se tratava de uma pessoa de outro país, o senhor, um idoso bem simpático, deu as indicações com a ajuda de gestos:

- *Sigues recto, tomas tu primera a la derecha… y sigues siempre… hasta que veas la playa. El hotel está alli.*(Segues sempre em frente, viras na primeira à direita… e segues sempre... até que vejas a praia. Está lá o hotel)

- *Gracias* – respondeu Beto, recordando o "quase nada" que tinha aprendido de espanhol e fazendo sorrir o senhor idoso.

Conforme as indicações que lhe tinham sido dadas, Beto descobriu sem dificuldade o hotel e ficou maravilhado com a vista que tinha a partir dele: uma praia paradisíaca, com um mar de uma transparência tal, que se via o seu fundo e apetecia mergulhar naquelas águas de imediato… só que antes de tudo queria fazer o *check-in*, descansar um pouco, experimentar os petiscos locais, os cocktails, conhecer o local e esquecer o motivo pelo qual tinha ido para lá!

Dirigiu-se à recepção e tentou falar da melhor maneira que pôde:

- Desculpe, tinha um quarto para duas *personas* mas agora é só para *una*...

A recepcionista, que já o tinha reconhecido pela voz, pois tinha sido ela que lhe fizera a reserva –só que Beto ainda não sabia – decidira brincar um pouco com aquele "portunhol" tão misturado e fez-se passar pela sua colega:

- Vale. Entonces es solo habitación para una persona, correcto?

- Si – respondeu Beto, distraído com os seus pensamentos do dia anterior, não se apercebendo de que aquela era a recepcionista com quem falara pelo telefone.

- Vale. Dame tu carnet de identidad... - continuou ela, tão rápido que Beto mal percebia o que estava ali a ser dito. Fez uma cara de enigma, abanando a cabeça com rapidez, e a recepcionista, divertida, mas tentando disfarçar a vontade de rir, continuou: - Tus documentos.

- Ah, está bem. – Respondeu Beto. Tirou o seu porta-moedas do bolso e abrindo-o, pegou no seu Cartão de cidadão : - Isto?

A recepcionista, admirada, pegou no cartão e reparou que já não era aquele a que estava habituada. Ainda assim, não quis dar a entender que era do mesmo país de origem do hóspede e que ele tinha documentação diferente da dela:

- Si, es eso. Ahora perdoname pero no puedo cambiar la reserva. Sólo puedo poner tu nombre aqui, nada más. Vale? Sí lo quieras, podemos cambiar ó tirar una ó otra cosa, pero sigues con habitación de matrimonio.

Tentando conter as lágrimas, ao ouvir "matrimonio", Beto respondeu, suspirando de tristeza

- Está bem.

- Toma tu tarjeta – disse a outra recepcionista, que acabara de chegar e reparara que Beto não estava bem. – Y tu carnet de identidad. Que te guste tú estada en nuestro hotel.

- Vale.- Respondeu ele, sorrindo para as duas e tentando ao máximo fazer uma boa pronúncia espanhola.

Enquanto seguia para o seu quarto, estava pensativo… uma das duas era a portuguesa! Mas qual? Seria a que lhe confirmou a reserva? Não, não podia ser, essa tinha uma pronúncia perfeita…

"Só podia ser a outra, que chegou depois. Sim, foi a que me deu a chave do quarto e me devolveu a identificação… Mas porque é que não falou comigo em Português?" Que teria ela a recear?

Entretanto, no mesmo aeroporto, mas passada meia hora, aterrava uma jovem, conhecida já de Beto, chamada Marisa. Uns meses antes, tinha ouvido falar de um congresso sobre doces e salgados para festas que lhe interessava e falou disso ao namorado, que lhe disse logo:

- Quê? Fora do país? E vais para lá fazer o quê? Perder tempo? Essas conferências…

- Congressos, Arnaldo, são congressos! E até têm workshops incluídos!

- Seja lá o que for, só vais gastar dinheiro e perder tempo... Não te chega já saberes fazer mousse de chocolate, bavaroise de manga, esse doce que não é bem natas do céu mas é parecido... a gelatina de cores, a de andares... e os salgadinhos tradicionais?

- Arnaldo, as pessoas querem provar coisas novas! Não querem sempre a mesma coisa todos os dias em todos os eventos! Tu comes a mesma coisa todos os dias ao almoço e ao jantar?

- Sim, não falha o arrozinho, tenho de o ter sempre no meu pratinho! – respondeu Arnaldo, todo satisfeito, e convencido de que satisfazia a namorada com aquela resposta

- Olha, sabes que mais, Arnaldo? Chega, não és tu nem é ninguém que me vai impedir de ir a este congresso. É que vou e vou mesmo. O meu colega de curso falou-me dele, e acho que é uma forma de aprender mais alguma coisa. E até me fazia bem mudar de ares um bocadinho, também! Ando mesmo a precisar.

Ao ouvir estas palavras, Arnaldo tentou fazer um ultimato a Marisa:

- Se fores, está tudo acabado entre nós.

Marisa manteve a sua opinião, decidida:

- Tu é que sabes. Eu quero evoluir na minha carreira. Se não te sentes bem com isso, paciência. Vou ligar para o hotel, parece que é perto da praia e tudo, até aproveito e trabalho para o bronze, se conseguir.

Zangado, Arnaldo saiu de casa de Marisa e esta ligou para o hotel a fazer a reserva para si.

- Si, hotel de la Playa? Queria hacer una reservación para una persona, si?

- Vale. Tu nombre? (…) Marisa Costa? Perdoname, eres de Portugal? (…) Então falemos em Português. (…)Sim… e para que data, exactamente?(…) certo. Temos essa data disponível, temos vários tipos de quartos. (…)Está então marcado. Obrigada pela nossa preferência.

-Obrigada. – terminou Marisa, antes de desligar, satisfeita por ter percebido que havia uma recepcionista portuguesa no hotel onde estavam todos os inscritos no congresso.

E sem saber que Beto se encontrava lá, Marisa chega ao hotel, também recém-separada, mas com uma sensação de alívio, porque Arnaldo era "um atraso de vida", só pensava nele, no comodismo dele, naquilo que a sua "princesinha" lhe podia proporcionar... ao passo que ela queria saber dela, também: na evolução da sua carreira, no que podia proporcionar aos seus clientes, como podia crescer no seu negócio e então sim, depois pensaria numa forma de viver com Arnaldo sem ter de estar a recear que de um momento para o outro pudesse ficar sem nada.

Só que Arnaldo não via as coisas assim, porque era demasiado tradicionalista para o gosto de Marisa e preferia que ela ficasse sob a alçada dele. Como Marisa não achava piada a essa forma de ser, assim que ele fez o ultimato e a deixou, ela não ficou incomodada, porque já o estava a achar um "empecilho".

Enquanto Marisa espera por alguém que a atenda, está a pensar como o local é bonito, como se livrou de um paspalho que não sabe o que perdeu, como aquele hotel tem umas vistas fabulosas e como não tarda está no bar da praia a provar algum batido de frutas exóticas que lhe sugiram!

Subitamente, ouve uma voz:

- Perdon, puedo ayudar?

Marisa de repente apercebe-se de que estavam ali as duas recepcionistas ao balcão, uma à frente dela, outra no computador, e responde, mesmo sem saber qual das duas a atendeu:

- Si, tengo una reservación para Marisa Costa y queria hacer la confirmación.

- Ah, si, creo que ha sido mi colega...- responde a recepcionista, que é logo interrompida pela colega que estava ao computador

- Sim, Marisa Costa, não é? Veio para o congresso, não foi?

- Vim, vim. Espero ainda ter chegado a tempo…

- Sim, o congresso só começa amanhã, de modo que ainda vai a tempo de se inscrever. Entretanto, se não se importa de me mostrar a sua documentação, só para confirmar os seus dados da reserva…

Marisa entrega-lhe o cartão de cidadão e continua a pedir informações:

- Desculpe, só uma coisa, no vosso site vi um bar muito interessante, poderia dizer-me onde se localiza?

A recepcionista devolve-lhe o cartão e diz:

- Com certeza, é aquele ali, à entrada do areal. É só atravessar a rua.

Sem tirar os olhos do computador, conclui o processo da reserva, declarando:

- E pronto, tem aqui a sua reserva. – entregando o cartão de abertura da porta, conclui: -Tenha uma boa estadia no nosso hotel!

Entretanto, Beto está no seu quarto, a falar com o seu patrão, que pensa que foi "uma loucura" ter viajado para tão longe "a troco de nada".

-Não diga isso, Sr. Leonel, vai fazer-me bem apanhar ar, preciso de desanuviar a minha cabeça… quem sabe se não sei de novas ideias para os nossos negócios… até parece que vai haver aqui um congresso, também, veja lá!

- Um quê? Um ingresso? O que é isso?

- Um congresso. É uma espécie de reunião, onde se juntam pessoas que têm a mesma profissão. Trocam ideias, aprendem coisas novas, e até podem ganhar prémios

- Prémios? Que tipo de prémios? Não é dinheiro, pois não?

- Não sabemos, Sr. Leonel, pode ser uma taça, pode ser uma medalha, pode ser um prémio de reconhecimento…

-Ou seja, tralhas! Não precisas disso para nada, até nem da viagem precisavas, gastaste dinheiro para nada…

-Confie em mim, vai ver que vou daqui com alguma novidade das boas, Sr. Leonel!

-Vou confiar, rapaz... vou confiar! Até logo!

- Até logo, Sr. Leonel!

Após desligar a chamada, Beto pensou no difícil que era conversar com o seu patrão. Estava sempre descontente e achava que era tudo um desperdício de dinheiro, perda de tempo... mas no fim acabava sempre por ouvir o seu funcionário mais fiel de sempre, aquele que nunca o deixara ficar mal. Apesar de só trabalharem juntos há dois anos, Beto via no Sr. Leonel uma figura quase paternal, apesar de sempre mal-humorado confiava naquilo que o "rapaz" dizia ou fazia.

Por outro lado, o Sr. Leonel era um homem que gostava muito de ser fiel às suas tradições e na altura em que conhecera Beto, dois anos antes, mantinha um pequeno negócio, onde atendia apenas as pessoas conhecidas, mas a partir do momento em que aquele "miúdo atrevido" entrara para lá, o que não passava de um estabelecimento com pouco mais de um balcão minúsculo e uma ou duas mesas, rapidamente ampliou para mais um espaço com refeições rápidas e snacks saudáveis a meio da tarde. E quem geria o espaço era Beto, que, adepto de tudo o que era novidade, planeava remodelar aquele estabelecimento que lhe tinha sido confiado... mas nunca fugindo do tradicional, de forma a atrair clientes de todas as faixas etárias. E ali, naquele hotel, tinha reparado num cartaz que anunciava um congresso de "Pâtisserie/boulangerie - la nueva tendencia", o que o deixou a pensar duas vezes... Tinha ido para lá com uma finalidade, mas surgia-lhe outra, nada má, por sinal!

"Só me faltava agora se aquela petulante, nariz empinado da Marisa viesse assistir a isto"- pensava ele, enquanto via o *flyer* que acabara de descobrir em cima da mesa – "já não me bastava as manias dela das aulas do curso de doçaria, quando me chateava a cabeça com o

Arnaldinho que provava as coisinhas dela e dizia sempre que era muito bom"

Enquanto isso, Marisa estava no seu quarto a vestir a sua roupa mais fresca, indecisa se colocaria um vestido florido ou uns calções e um top… e, depois de se decidir pelos calções e pelo top, pegou no seu chapéu de abas largas, nos óculos de sol e seguiu rumo ao bar da praia, não sem verificar se tinha tudo com ela na carteira. "Deixa cá ver, protector, porta-moedas, dinheiro local… telemóvel…está tudo." Abriu a porta do quarto e saiu, desta vez já sem hesitações.

Após ter estado a pensar sobre o que iria a fazer durante a semana, para evitar sentir aquela tristeza que insistia em não o largar, Beto decidiu finalmente sair um pouco. O sol ainda estava alto, apesar de já não estar tanto calor como na hora da chegada, e Beto resolveu dirigir-se à recepção, onde se encontravam as duas recepcionistas. Confundido, porque não sabia qual das duas era a portuguesa, dirigiu-se a ambas na sua língua materna:

- Desculpem, onde é que posso apanhar sol aqui?

As duas funcionárias riram-se, mas a portuguesa respondeu sem hesitar:

-Há aqui um barzinho, junto à praia, que tem uma esplanada muito agradável, com bancos altos e espreguiçadeiras. É bom para apanhar sol, tomar uns cocktails, com ou sem álcool, e faz uns petiscos que são de chorar por mais!

Esta nova atitude da recepcionista deixou Beto surpreendido:

- Agora não percebi, porque é que há bocado aquela primeira abordagem foi em espanhol, se ao telefone já tínhamos falado em Português?

- Porque estava a falar com um novo hóspede, só me apercebi com quem estava a falar depois... mas decidi manter a brincadeira.

- Ou seja, fez pouco de mim, sem se aperceber do meu estado de espírito – respondeu Beto, aborrecido por ter sido alvo de troça.

- Pois é, desculpe, aqui a minha colega depois é que me deu uma cotovelada, quando lhe entregou a chave do quarto. Mas depois como não demorou muito a descer, já está aqui a pedir-nos informações...é porque quer aproveitar o tempo que vai passar aqui, não é?

Beto respondeu, com um sorriso triste:

- É verdade, não vim aqui para ficar enfiado dentro de 4 paredes. Prometi a mim mesmo que ia tirar partido do dinheiro que gastei nesta viagem, e vou mesmo! Então e onde é o tal bar?

- Não há nada que enganar, é só sair pela outra porta do hotel, lá atrás, que dá acesso directo ao bar. Poucas pessoas sabem disso, geralmente vão aqui pela principal, dão a volta e atravessam duas ruas cheias de trânsito, só para lá chegar. Mas assim é muito mais fácil. A porta está quase sempre aberta, só fecha à hora que o bar também fecha. É ali atrás, junto ao outro bar, o do hotel.

Mais satisfeito, Beto agradeceu-lhe:

-Ok, então vou para lá, um pouco, preciso de pensar um bocadinho Obrigada, aaa… - tentando ver o nome na placa na recepcionista, piscou um pouco os olhos.

Ela sorriu e respondeu: - é Manuela.

-Manuela. Está bem.

Seguiu as indicações de Manuela e lá se dirigiu ao bar da praia. O dia, apesar de bonito, para Beto parecia "triste, como a sua vida", e o barman não conseguiu deixar de reparar que aquele novo cliente estava com uma expressão muito macambúzia…

Sem saber qual seria a nacionalidade de Beto, tentou meter conversa em inglês:

- *Hey… you sad?* ("tu triste?")

Beto, que não estava habituado a falar outro idioma que não fosse o português, ficou a olhar para o funcionário… que significaria "sad"? Seria "de fora"?

Tentando responder de modo a que ele compreendesse, Beto argumentou como pôde:

- *No, no capisco, no comprendo.* (it. Não, não entendo; sp. não compreendo)

-*You no English?*

- Português.

- Ah! *Yo falo un poco portugués. También tengo* clientes portugueses como tu. E percebo português mais ou menos bem. Então o que vai ser?

- Um sumo de laranja, com duas pedras de gelo, se faz favor.

- *Sin* álcool? *No* bebes nada mais forte? – questionou o barman, espantado.

- Não... não gosto de me meter em aventuras, vi muitos amigos ficarem bem doentes por causa da bebida. – esclareceu Beto.

- *Vale. Un zumo de naranja para el português! Un sombrero, yelo...* aqui está! *Home*, mete outra cara! – dizia ele, ao ver que Beto voltava a ficar com ar triste. – Que passa? É mulher?

- É uma pena que a vida tenha de ser tão tristonha, uma beleza como esta, devia ser contemplada em pleno, olhe só para esta paisagem! Quer dizer, o meu país tem praias muito bonitas, mas não tem nada assim! E estou aqui sozinho! Não devia ser assim!

Vendo o estado depressivo de Beto, o barman tira-lhe o sumo de laranja antes sequer dele o provar, coloca-o do lado de dentro do balcão e argumenta:

- Tu necessitas de algo "más" forte! Vou "a dar-te" uma das minhas especialidades sem "álcól".

Despachado, pega numa data de fruta, corta-a em bocados, descasca outra, descaroça tudo e coloca no copo misturador, enquanto vai dizendo:

- Frutita, agua, vitaminas, *buenas cosas* para *un bueno* dia!

Faz o seu batido surpresa, acrescenta gelo até meio do copo e dá a Beto a provar, que fica receoso. Cheirando, pergunta:

- Isto não tem whisky, nem rum, nem nada disso, pois não?

- Confia, "home"! É *solo* fruta e agua!- responde-lhe o barman, sorridente e acenando em ar positivo com a cabeça.

A medo, Beto lá provou aquela "novidade"... que se revelou uma verdadeira delícia! Parecia uma autêntica salada de frutas num copo!

- Eh, pá, isto é bom! Vou querer a receita disto...pena que não tenha com quem partilhar no dia-a-dia... mas- - nisto, Beto é mais uma vez interrompido pelo barman.

- *Escucha*... não *tenes* ninguém para *compartir* esta *playa muy* bonita, mas – e, piscando-lhe o olho, inclina a cabeça ligeiramente para a outra ponta do bar, onde está Marisa, descontraidamente sentada, virada para a praia – tens ali outra "beleça"..

Beto olhou, discretamente, para onde o barman tinha indicado. Só o facto dela estar ali já o irritava! Agora andava atrás dele? Já não bastava ter ido ao congresso? E pior, se ela estava por ali, o "Arnaldinho idiota" também tinha de estar, armado em "cachorrinho de carteira"... só lhe faltava mais esta!

Para não ter de dar de caras com a sua eterna rival dos negócios e muito menos com o "palerma" do namorado dela, Beto apressou-se a pagar:

- Olhe, desculpe, quanto é?

-*Xá bás*? (Já vais?) - quis saber o barman, admirado com tamanha precipitação de Beto em querer sair dali.

- Já, acho que apanhei sol a mais, esqueci-me do boné – tentou disfarçar Beto, para não dar a entender que o verdadeiro motivo de querer sair dali era, na verdade, Marisa.

- *Entonces* este *primero* sumo é oferta. Que me pagas depois *con* más visitas aqui.Vale?

Sem reacção, Beto agradece e regressa ao hotel, baixando-se o mais que pode para que Marisa não o visse. Esta, descontraída, nem se tinha apercebido da sua presença, pois estava a saborear o seu "cocktail" de "fresa, sandía, piña y mucho yelo" (morango, melancia, ananás e muito gelo), uma das especialidades do bar que tinha querido provar.

Desde há muito que ansiava por voltar a consumir aquele tipo de bebidas que adorava… sumos, batidos, granizados… Marisa adorava tudo isso! Mas quando namorava com Arnaldo não podia beber nada, porque ele achava tudo isso "manias de pessoas que querem perder peso", "comidas de vegetarianos", entre outras ideias que para Marisa eram "perfeitos disparates"

Assim, quando estava com ele, as suas bebidas escolhidas eram nada mais do que refrigerantes sem gás industrializados, disfarçados de sumos naturais. Um verdadeiro sumo, com fruta a sério… ah, passados tantos anos, com aquele sol! Que bem que estava a saber a Marisa!

Assim que ela terminou o seu cocktail, virou-se para o barman e perguntou-lhe:

- *Mira… sabes de algo sobre lo que se va a passar esta semana en el hotel? Has sido invitado también?* (Olha… sabes de alguma coisa que se vai passar esta semana no hotel? Também foste convidado?)

- *Si, lo sé, que es de dos dias, com un workshop por la tarde de el primer dia y yo voy a participar en el workshop, para bebidas saludables, como la tuya!* (Sei, sim, é de dois dias, com um workshop na tarde do primeiro dia e eu vou participar nele, com bebidas saudáveis, como a tua!)

- *Entonces el bar va a estar cerrado?* (Então o bar vai estar fechado?) – quis saber Marisa

- *Si, pero sólo por dos ó três horas, no más. Pero tienes el otro, dentro del hotel de la playa.* (Sim, mas só por duas ou três horas, nada mais. Mas tens o outro, dentro do hotel da praia)

- *No, no quiero…* (não, não quero)- respondeu Marisa, com um risinho nervoso – *a mi me gusta más, mucho más esto* (gosto mais, mas muito mais disto…). – e levantou o copo, enquanto mordiscava a palhinha, como que para beber algum restinho de sumo que tivesse ali.

Vendo que Marisa estava a puxar conversa e que pretendia ficar ali mais um pouco, o barman continuou a limpar o balcão do bar e, virando costas, bebeu o sumo que fizera para Beto.

Marisa percebeu que dali só poderia ter "receitas novas, mas nada mais", e, pegando no chapéu, pagou a conta e foi-se embora. Ainda assim, aquele local já lhe estava a fazer sentir-se mesmo bem!

-Ainda bem que vim sem o Arnaldo – disse ela, a pensar alto, sem se aperceber que tinha falado em voz alta – é do modo que experimento mais coisinhas destas e vou com mais ideias para casa…

Ao ouvi-la falar, o barman perguntou-lhe, admirado: - és portuguesa?

Ao que Marisa responde, na sua melhor pronuncia espanhola: - *si, soy portuguesa, porqué?*

Já um pouco aborrecido com o comportamento daquela "señorita", o barman repreende-a, calmamente:

- *Mira, cariño, estou falando contigo en português* (Olha, minha querida, estou a falar contigo em português). Por isso responde-me também, em português. *Vale*?

- Está bem, vale…! – respondeu admirada, Marisa.

Só lhe faltava um "empregado de bar" que lhe repreendesse assim… após hesitar um pouco parada na areia, virou costas e continuou a sua caminhada até ao hotel.

No dia seguinte, Beto está na recepção, bem cedo, a conversar com Manuela:

- Desculpe, Manuela, podia dizer-me se este congresso que andam aqui a anunciar…isto vai ser aqui no hotel?

- Vai, começa daqui a três horas, e por acaso ainda estamos a aceitar inscrições de última hora.

- É bom saber isso, porque era mesmo isso que vinha perguntar. Sabe que por acaso este é o meu ramo de actividade…

Apressada, Manuela responde-lhe:

- Muito bem, tem aí fichas de inscrição, caso queira assistir, mas não demore muito, que já está quase esgotado, está bem?

Nisto, começa o telefone a tocar, e enquanto Beto preenche a ficha de inscrição, Manuela começa a atender as chamadas que não páram de chegar, umas após as outras:

- *Si, hotel de la Playa…vale, ahora mismo… Buenos dias, Hotel de la Playa… para que fechas*?... vale, muchas gracias… si, hotel de la playa…*(*para que datas? Está bem, muito obrigada)

Enquanto isso, Beto deixa a ficha em cima do balcão e Manuela dá um toque no ombro à outra recepcionista, que está de costas, para que trate da inscrição daquele hóspede no congresso.

Quando esta se vira, Beto vê a placa identificativa e lê "Juana".

- Joana -,diz ele, em voz baixa, como que a ler a placa.

Esta corrige-lhe a pronúncia:

-"Rh"uana, esta es la letra "rhota".(esta é a letra J)

-Está bem. – respondeu Beto, encolhendo os ombros.

Dirigiu-se para a sala de pequenos-almoços e ficou admirado com tudo o que tinha à sua frente.

- Bem, isto só faltam aqui os bifes e as batatas fritas, é que nem os ovos nem as salsichas faltam! Mas acho que me vou ficar pelo básico…

Só que para Beto, o "básico" era bem composto, pois ele decidiu-se pelos sumos naturais, pelos bolos caseiros, croissants quentinhos e pelas variedades de pão que havia, com queijos e doces que havia à escolha. De fora, deixou ficar os ovos, os cereais, o leite, o café, os iogurtes, a imensa fruta e as infusões.

"Tenho de fazer uma coisa assim, isto ia atrair clientes, talvez criar a ideia do brunch", pensava ele, enquanto tomava o pequeno-almoço.

Após terminar aquele maravilhoso banquete, lembrou-se, de repente, de que precisava de estar preparado para o evento que ia haver ao início da tarde.

-Pois é, preciso de um dicionário, uma esferográfica e um caderno! Senão, não vou conseguir levar nenhuma ideia nova apontada, só noções!

Tendo tomado esta decisão, Beto tornou a ir à recepção e por pouco não se cruzava com Marisa, que descera naquele preciso momento para tomar o pequeno-almoço! Dirigindo-se à sala de refeições, olhou para o enorme banquete que aparecia à sua frente e, feliz da vida, exclamou:

- Que bom, é mesmo o tipo de pequeno-almoço que eu gosto! Já estava fartinha daquela simplicidade tacanha do Arnaldo! Café e pão com manteiga comemos em qualquer lugar...até em casa.

Assim, serviu-se de um sumo, de uma fatia de bolo, do pão regional, das compotas, do queijo, fazendo uma refeição muito semelhante à de Beto!

Enquanto comia, deliciava-se e dizia: - hum... isto é que é um verdadeiro "desayuno"! E ainda por cima satisfaz sem encher! Isso é que é melhor!

Nisto, toca o telemóvel de Marisa: - quem será a esta hora? Só me faltava este! – desabafa ela, assim que viu "Arnaldo" no visor.

– Estou! – começou Marisa, com um ar nada agradável e rebolando os olhos.

- Olá, minha princesinha! – respondeu Arnaldo, parecendo ter-se esquecido de que tinha terminado a relação há tempo.

- Tens uma lata… que é que queres? Tentar fazer-me azia? Não deves ser capaz, olha que estou a tomar um pequeno-almoço tão espectacular que nem nos teus sonhos imaginas uma coisa tão maravilhosa! E despacha-te, que hoje tenho um dia cheio de trabalho pela frente! – continuou Marisa, fazendo ver o ex-namorado de que estava muito bem instalada, mas não era para lazer que ali se encontrava.

- Oh, não levaste a sério aquilo que te disse de terminar tudo, pois não? Eu só queria que não fosses, queria que tivesses ficado aqui comigo! É que não suporto ver-te a tantos quilómetros de distância!

Marisa estava sem saber o que dizer... é que além de não alargar os seus ideais, Arnaldo queria aprisiona-la numa redoma invisível...por isso é que lhe fizera aquela ameaça, em jeito de ultimato! Para ela, fora mesmo um ponto final, mas para ele, tudo não bastou de mais uma das jogadas dele...para ver se ela não viajava!

- Olha, sabes que mais, Arnaldo? Deixa-me mas é ir andando, eu tenho um dia cheio de trabalho e não posso estar aqui a falar contigo. Adeus.

Desligou o telemóvel, aborrecida. "Que empecilho!", pensou ela. "Mas quem é que ele se julga para me ligar, quando já tinha sido ele próprio a terminar tudo? Aposto que estava a pensar que não havia torradas como as minhas e quis matar saudades...mas está muito bom de um lado."

De facto, Arnaldo gostava de tudo o que Marisa fazia, até de umas simples torradas pela manhã, quando a ia visitar, mesmo depois dele ter tomado o pequeno-almoço, se ela ainda estava a fazer para ela, Arnaldo perguntava se também havia para ele! E abusava na manteiga, o que fazia Marisa perder a paciência. Ela preferia variar entre a manteiga e o doce, de preferência caseiro…

De modo que, ao olhar para as variedades de pão do pequeno-almoço ali do hotel, Marisa concluiu que deviam ter sido as saudades das suas torradas que tinham levado o chato do seu ex-namorado a telefonar-lhe.

Sem querer pensar mais nele, nem no assunto "namoros tóxicos", Marisa levantou-se e subiu ao seu quarto, para mudar de roupa, pois queria ir até à praia antes do congresso.

À porta do hotel, ainda sem saber muito bem o que fazer, encontrava-se Beto, porque precisava de um caderno, uma esferográfica, um dicionário e… de saber como se dizia isso tudo! Portanto, estava parado à porta do hotel, sem saber como se dirigir às pessoas, uma vez que Manuela, como se encontrava muito ocupada, não o podia ajudar.

Encontrou uma senhora, pouco mais velha do que ele, que o vu atrapalhado, e lhe perguntou:

- *Mira, buscas ayuda?* (olha, precisas de ajuda?)

Mesmo sem saber o que significava "mira", Beto percebeu logo que estavam a falar com ele, e que lhe perguntavam se ele queria ajuda, ao que ele acenou com a cabeça que sim, respondendo:

- Si. Uma papelaria…

- Una papelería?

Beto acenou afirmativamente com a cabeça, ao que a mulher lhe indicou, mais uma vez, com gestos a auxiliar:

- *Coges tu primera a la izquierda, después tu segunda a la derecha.y logo ves una papelería. Vale?* (Viras na primeira à esquerda, depois na segunda à direita, encontras logo a papelaria, está bem?)

-Vale, gracias.- agradeceu Beto. Podia não saber nada de espanhol, mas ao menos aprendera a agradecer, com a sua namorada. Que saudades ele tinha dela!

"Porque é que terminaste comigo, fofinha?" – pensava ele, a caminho da papelaria – "Agora vou ter de gastar dinheiro num dicionário de espanhol! Se estivesses aqui, isso não ia ser preciso!"

Entretanto chegou à papelaria. Meio atrapalhado com tanto material técnico que encontra, procura um dicionário bilingue e não encontra. Pega num caderno, numa esferográfica simples de gel e dirige-se ao balcão, sem saber como dizer o que pretende.

-Algo más? – pergunta-lhe o dono do estabelecimento, um senhor de barba aparada e óculos.

- Um dicionário, por favor...- responde Beto, receoso de não se ter feito entender

- *Un diccionario? Portugués-español? Ó solo español?*- quis saber o dono da papelaria, olhando para Beto, enquanto remexia nos dicionários.

-     Espanhol-Português e Português-espanhol, se tiver.

-Aquí está, tengo estos todos, pequeñitos, grandes… con una parte, con las dos…este libro de ayuda para hablar…("Cá está, tenho estes todos, pequeninos, grandes, com uma parte, com as duas, este livro de ajuda para falar…")

- Bem, acho que vou levar este, é capaz de dar mais jeito do que os dicionários, também só vou ficar uma semana…- disse Beto, enquanto o homem lhe mostrava os volumes todos.

- *Entonces es el libro de ayuda, el cuaderno y el boligrafo..Algo más?* (Então é o livro de ajuda, o caderno e a esferográfica. Mais alguma coisa?)

Beto, que nunca tinha ouvido falar em "bolígrafo" na vida, fez uma cara tão estranha que o senhor viu-se obrigado a conter o riso. Colocou todas as coisas num saco, enquanto Beto pagava, e assim que este saiu da papelaria, deixou escapar:

- *Pobre muchacho!* ("Coitado do rapaz!")

- Esta agora… então caneta é "bolígrafo" – diz Beto, enquanto caminha de regresso ao hotel. – Nunca tinha ouvido falar nesta palavra! Será que a minha fofinha saberia disto?

Pegou no telemóvel e enviou um SMS à sua ex-namorada:

"Desculpa, sei que não é a melhor hora… mas sabias que "caneta" é "bolígrafo" em espanhol? Eu tive de comprar uma, agora, e quase se riram de mim quando viram que eu não sabia.."

Ainda antes de passar a recepção, sentiu o bolso das calças vibrar. Pegou no telemóvel e viu a resposta. Entusiasmado, abriu, mas assim que a leu, ficou logo triste: *Tens razão, não é a hora ideal. E nunca mais vai ser. E sim, sabia. Caneta é "bolígrafo" e janela é "ventana", que é para onde mando o meu "móbil" se não páras de enviar mensagens idiotas. Adeus."*

"Eh, pá, não precisava de ser tão brusca comigo, só lhe fiz uma pergunta! Ainda há dois dias estávamos tão bem…!" – pensava Beto, depois de voltar a guardar o telemóvel. Ao vê-lo naquele estado, Manuela ficou preocupada:

- Problemas?

- Não, deixe estar, sou eu que sou um otário e acho que ainda posso tentar salvar o que já não tem salvação – esclareceu Beto, tentando dar por terminada ali a conversa.

Mas Manuela insistiu:

- Se precisar de ajuda, pode contar comigo, já reparei que percebe pouco, ou quase nada de espanhol…

- Obrigado. – agradeceu Beto, subindo de seguida para o quarto.

Entretanto, no bar da praia, Marisa apanhava um pouco de sol, estendida numa espreguiçadeira. Aquela conversa com o seu ex-namorado só lhe fizera esclarecer ainda mais a sua situação, quando ele colocou aquele ponto final que para ele não o era… mas que afinal era o que ela queria há já bastante tempo, estava farta de ser mantida num cativeiro tão apertado! E que diferente que ele era dela! É como se fossem o sol e a lua, ou a neve e o sol, melhor dizendo...porque Marisa sentia-se outra pessoa, totalmente diferente daquela que gostava de ser, quando estava com Arnaldo. E agora já podia ser outra vez a Marisa de sempre!

- *Mira, cariño, así te vas a parecer con un langostino!* (olha, minha querida, assim vais parecer-te com um lagostim!)– disse-lhe o dono do bar, provocando-a

- Que *no, yo me quemo bien, me pongo doradita en dos dias.* (Não, eu bronzeio bem, em dois dias fico douradinha!) – respondeu-lhe ela, voltando-se na espregulçadeira e virando-se para ele. – *pero ahora... tengo de irme!* (mas agora, tenho de ir!)

E levantando-se, espreguiçou-se sem vergonha nenhuma, seguindo caminho até ao hotel e piscando o olho para o dono do bar:

- Até logo! – disse ela, sorrindo e acenando-lhe.

Ele sorriu e não disse nada, mas retribuiu o aceno..

Enquanto isso, no seu quarto, Beto conversava com o Sr. Leonel ao telemóvel, pois este já sentia falta do "rapaz" e achava que já estava sem o seu melhor funcionário há muito tempo:

- Já devias ter voltado, rapaz! Afinal foste aí de férias? Não era só para fazer uma surpresa à cachopa? Isso faz-se em minutos!

- Acabei por vir sozinho, Sr. Leonel, mas depois explico tudo. Agora quero é aproveitar o evento que vai acontecer aqui, já me inscrevi nele e tudo!

- Foste sozinho?! – questionou o patrão, admirado. – Então e a moça?

Tentando desviar a conversa, Beto argumentou:

- Mudemos de assunto, Sr. Leonel, agora quero ver se levo ideias novas para os seus estabelecimentos, mas tenho de ficar aqui mais uns dias. Por acaso tive sorte de marcar esta viagem justamente numa altura em que ia haver este evento aqui!

- Pronto, se achas que vais tirar partido desse *ingresso*, deixa-te estar, pareces-me triste, precisas de novos ares...

- Obrigado, Sr. Leonel...- agradeceu Beto, sentindo-se incapaz de o corrigir. – Depois do congresso eu volto a ligar. Com licença...

Desligou o telemóvel e ouviu bater à porta. Ainda com o aparelho na mão, foi abrir, e aparece-lhe Manuela à frente

- Desculpe, eu sei que não é esta a minha função, mas sendo a única que falo português aqui, gostaria de dizer-lhe que daqui a meia-hora começa o nosso congresso, lá em baixo, no Anfiteatro. Tem parte de debate e parte prática, e amanhã continua, com workshops.

- Obrigado, Menina Manuela, muito obrigado pela informação. – respondeu-lhe Beto, enquanto pousava o telemóvel na cómoda e voltava à porta.

- Daqui a meia-hora, não se esqueça! – dizia Manuela, sorrindo, já no meio do corredor, virando a cabeça para trás e olhando para Beto mais uma vez.

Retribuindo o sorriso, este responde, com a cabeça a espreitar pela porta bem aberta:

- Não me esqueço, lá estarei! – E fechando a porta, foi pegar no material que tinha comprado na papelaria, tentou estudar um pouco a parte da conversação, pelo menos na área da confeitaria e padaria, pois eram os ramos de trabalho dele, mas achou que aquilo tinha muita informação… e decidiu levar o guia com ele para a primeira conferência.

- Ih, já estou atrasado... já passam dez minutos do início da primeira conferência! – disse Beto, atrapalhado, após acordar sobressaltado em cima da cama. – Eh, pá, como é que me deixei adormecer?

Apressado, foi à casa-de-banho, lavou o rosto, para tirar qualquer marca de que tivesse estado a dormir, secou as mãos apressadamente, pegou no guia de conversação, no caderno, na caneta e saiu.

Enquanto descia no elevador, só pensava no facto de que não queria ter de assistir de pé e não queria, por nada deste mundo ter de encarar a Marisa! Era só o que lhe faltava, agora, irem os dois ao mesmo. "Não, isso seria o cúmulo do azar", pensava ele, enquanto a porta do elevador se abria, à porta do anfiteatro.

-Bienvenido, como te llamas? (Bem-vindo, como te chamas) – perguntaram os senhores da organização, que estavam sentados numa mesa, à porta do Anfiteatro

Beto, que já tinha visto algumas expressões no guia de conversação, desta vez percebeu o que estavam a dizer-lhe, e respondeu sem hesitar, sorrindo:

- Beto Silva

- *Dejame* (deixa-me) ver...-disse um dos senhores, fazendo percorrendo a esferográfica pela lista de nomes e parando no dele. – Aqui está. Firma (Assina) aqui, por favor.

Beto assinou onde lhe indicaram e após lhe terem dado um *flyer* com o programa e desejado boa sorte, entrou. Procurou um lugar, tentou não fazer barulho, mas a sala estava tão cheia, que teve de ficar atrás, num sítio onde quase não havia visibilidade. Aborrecido, pensava no facto de ter adormecido, não ajudava em nada a situação.

"Bem feito, quem me mandou adormecer? Agora estou aqui atrás e não vejo nada! Mas é bem feito para mim, a menina Manuela foi avisar-me com tempo! Isto é tudo culpa minha"

Tentando abstrair-se de todos os complexos de culpa, Beto procurou prestar atenção à primeira conferência, que abordava as noções básicas da pastelaria, dos doces traicionais da região e da culinária em geral

"É interessante, são tudo coisas já minhas conhecidas, mas tem aqui uma ou outra noção diferente... gostava era de saber se eles conhecem doces como os nossos!" – pensava Beto, enquanto assistia ao orador.

Curiosamente, na parte da frente do anfiteatro, encontrava-se Marisa, a pensar justamente a mesma coisa: "engraçado, eles falam aqui de massa folhada, de massa quebrada, e mais isto e mais aquilo, mas será que conhecem a nossa culinária? Os nossos doces? Aposto que iam lamber os dedos se provassem um pastel de nata ou uma tarde de maçã, com maçãs das nossas! Até pediam mais!"

Sem se aperceber de que Beto se encontrava na parte de trás da sala, Marisa escutava tudo com muita atenção e ia anotando o máximo de dicas que podia, sem interromper, mas sempre a rir-se das gralhas que os oradores apresentavam como exemplos: porque é que o creme formava grumos, porque é que às vezes as pessoas se enganavam nas doses, como podia acontecer trocar açúcar por sal… para Marisa essas situações não passavam de "situações de gente distraída", que podiam acontecer a qualquer um, mas que se fossem repetitivas, então já eram casos de alguém que era um perfeito "desastre na cozinha"

Entretanto, chega o intervalo, com a típica pausa para café, e todos abandonam o anfiteatro, passando para uma salinha ao lado. Quando todos se levantaram, Marisa esperou que quase todos abandonassem a sala, e foi uma das últimas a sair. Dirigiu-se para a salinha onde estavam a servir café, chá, agua e sumo, tendo também diversas variedades de bolachinhas e biscoitos, para quem quisesse acompanhar as bebidas.

- Café, té…? – pergunta uma das recepcionistas, que estava ali a ajudar no serviço de catering

- Un té, por favor – respondeu Marisa, com um sorriso. Assim que lhe entregam a chávena de chá, ela agradece, e quando se vai virar e tomar o primeiro gole, dá um encontrão com alguém e acidentalmente entorna o chá todo para cima de si e da outra pessoa!

- Ui, desculpe! – disse o outro indivíduo, atrapalhado

- Não, não eu é que…- ia começar Marisa, quando de repente se apercebeu de que conhecia aquela voz. Olhou ligeiramente para cima, e deu de caras com quem não queria MESMO encontrar ali: BETO! Irritada, perguntou-lhe: - TU?!

Já a contar com uma atitude assim da sua colega de curso, Beto respondeu-lhe, tentando manter a calma: - Sim, estou aqui, porquê, achas que não tenho direito a cá estar, só porque tinha planos diferentes dos teus?

Furiosa, Marisa pousou a chávena, que agora estava vazia, e justificou-se:

- Acontece que eu vim para aqui em TRABALHO! E tu vieste para aqui, fazer o quê? Ver as vistas? Ou molhar-me, como acabaste de fazer?

Fazendo um enorme esforço para conter a tristeza que acabara de sentir, mais uma vez, Beto argumentou, com a voz um pouco trémula:

- O motivo pelo qual vim… não te importa. ACONTECE, minha cara colega – ao ouvir esta expressão, Marisa corou de fúria – que descobri um panfleto sobre este congresso no meu quarto e não quis deixar passar esta oportunidade para fazer crescer e melhorar o meu negócio, que até se pode dizer que vai de vento em popa.

- Nós NÃO somos colegas – respondeu-lhe Marisa, apontando um dedo à cara de Beto – tivemos a infelicidade de estar num mesmo espaço, durante um mesmo período de tempo, mas nada mais!

- Ai isso é que somos, "minha querida", - diz ele, fazendo as aspas com as mãos, tentando não deixar cair o caderno e o livro, levemente humedecidos pelo chá de Marisa. – Se fomos frequentadores do mesmo curso, isso faz de nós colegas. Não é?! E a propósito, o Arnaldinho não veio? É que não o vejo em lado nenhum! – continuou ele, irónico, olhando entre os outros participantes do congresso, que não sabiam se deveriam de se rir ou de reprovar aquela cena.

- O ARNALDO...-ia começar Marisa, mas subitamente percebeu que estava com mais gente à volta e não podia perder as estribeiras daquele modo. Beto tirava-a mesmo do sério! Ainda assim, prosseguiu, num tom de voz mais baixo: - o Arnaldo não é para aqui chamado, e se queres saber, ele nem queria que eu viesse, por isso, vim sem ele.

Enquanto Marisa proferia estas palavras, vieram os organizadores anunciar que o intervalo para café tinha terminado.

Beto virou costas a Marisa e seguiu para o seu lugar, na parte de trás do Anfiteatro. Esta, quando passou por ele e o viu instalado, comentou, ironicamente:

- E bem... cada macaco no seu galho, cada um fica no lugar onde merece!

"Devias tropeçar e cair em cima de uma tarte cheia de natas, lá à frente", pensava Beto, sem no entanto se pronunciar. E o facto é que Marisa tropeçou mesmo! Enquanto descia para os lugares da frente, onde se instalara no início do evento, colocou mal um pé e…tropeçou! Contudo, não deu com a cara numa tarte cheia de natas, como pretendia Beto, mas caiu no colo de outro membro do público, a quem pediu, cheia de vergonha:

- *Ui! Perdón!* (Ui! Desculpe!)

- *No pasa nada…* (não tem mal) - respondeu a outra pessoa, secamente, que sabia quem era aquela menina que tinha ido contra si, e ainda estava um pouco incomodada com a situação toda.

Recompondo-se, Marisa continuou a deslocar-se para o seu lugar e, ainda meio trémula, lá se sentou, aborrecida e irritada pelo facto de ter encontrado "mais um idiota", como ela intitulava Beto, ali no mesmo Hotel e para piorar ainda mais as coisas… no mesmo evento! Logo ele!

Entretanto, a conferência ia decorrendo… e passou à parte prática. Foi nessa altura que anunciaram que iam passar aos workshops, logo a seguir e durante o dia seguinte. No entanto, como Marisa já sabia, o primeiro seria como que uma oferta do hotel, pois tratava-se das bebidas.

Beto, no entanto, ainda não se encontrava a par, e deu uma vista de olhos no seu *flyer*, para verificar mais uma vez se queria participar em algum.

Assim sendo, e enquanto a esmagadora maioria do público se dirigia ao bar da praia, pensando que seria lá o primeiro workshop, Beto dirigiu-se à sala onde estavam os dois organizadores, para se inscrever em "comidas internacionales".

Admirados com o passo que Beto estava a dar, os dois senhores quiseram saber:

- *De donde vas a hacer las comidas?* (Vais fazer os pratos de onde?)

Com um sorriso de orelha a orelha, Beto respondeu:

- Portugal.

- Uau! – Disseram ambos, entusiasmados – *comida portuguesa, nos gusta mucho! Es muy,*

muy rica, si señor! (…gostamos muito. É muito, muito boa, sim senhor)

- Onde é o de bebidas, no bar?- quis saber Beto, perguntando devagar, desejando que eles compreendessem a sua pergunta.

- *No, no, es alli* (não, não, é ali)- disse um, apontando a sala onde tinham estado a fazer a pausa para café – *lo ves?* (estás a ver?)

De facto, na parede, havia uma seta improvisada a indicar "workshop de bebidas". Beto dirigiu-se para lá e reparou que a sala estava vazia! Só se encontrava lá o funcionário do bar da praia que tinha visto no dia anterior e com quem tinha conversado um pouco, também.

- Entonces, por aqui? Só estás tu? Os outros? – quis saber ele

- Não sei, – respondeu Beto, encolhendo os ombros. – se calhar foram para o bar. Eu também ia lá, mas perguntei ali aos senhores, que me disseram que era aqui

Despreocupado, o funcionário respondeu:

- Ah, entom eles volvem... aaah, eles voltam! Tem lá un papel a "dicér" que é aqui. E ainda não sei o teu nome...

- Beto. É assim que toda a gente me chama.

- Beto... eu sou o Júlio...

Interrompendo-o, Beto estranhou o nome:

- Úlio?

Corrigindo-o o rapaz repetiu, desta vez mais devagar:

- Jú-li-o. Eu sei, *dices* de forma diferente, *dices* "Xúlio"...

Rindo, Beto respondeu:

- Pois, é mais ou menos isso...

Nisto, começam a ouvir vozes. As pessoas que tinham ido para o bar estavam agora a entrar no hotel, pela recepção.

- É sempre a *misma* coisa – desabafou Júlio, levando a mão à testa e encostando-se ao balcão improvisado, acenou que não com a cabeça – vêm sempre pelo caminho mais longo!

- Mas não dão as indicações das traseiras a toda a gente? – quis saber Beto

- Nem é preciso! – Esclareceu Júlio – tens *una* seta ao lado do bar aqui dentro, que diz que a porta aberta é para o meu bar! O *bar de la playa*!

- Ah, eu não reparei, como foi a Manuela que me disse…

- Ah, a Manuela… *muy* bonita *esa* chica!

Dando razão a Júlio, Beto concordou:

- Sim, de facto é, só que pelo modo como a vejo mexer-se aqui, creio que já pertence mais a este país do que ao meu.

Entretanto, a sala começou a encher-se e a conversa terminou ali. Júlio começou a falar dos sumos, dos cocktails, de tendências novas, bebidas com e sem álcool, e Marisa, que se encontrava na rectaguarda, foi-se dirigindo cada vez mais para a frente, parando mesmo ao lado de Beto e à frente de Júlio.

- *…Y ahora, tenemos aqui una mezcla de frutas y verduras…* (e agora, temos aqui uma mistura de frutas e legumes...) – ia explicando Júlio, enquanto falava na tendência dos sumos e batidos detox.

Beto ia anotando tudo no seu caderno, conforme conseguia, e se havia algum nome que não conhecia, perguntava directamente a Júlio, que lhe dizia quando sabia.

Nessas alturas, Marisa aproveitava para provocar:

- A faltinha que faz aprender idiomas... - e continuava a escrever, sabendo que aquelas suas atitudes deixavam o seu colega irritado.

Tentando parecer indiferente, Beto anotava todas as receitas e esperava com ansiedade que o workshop terminasse, para no fim conversar mais um pouco com Júlio e depois contar as novidades ao seu patrão, ao telemóvel. Só que Marisa não parava de o incomodar. Entre provocações, cotoveladas e encontrões, chateou-o tanto que Beto perdeu a paciência:

- Queres parar com isso, Marisa? – perguntou ele em voz baixa. – Eu já estava aqui antes de tu chegares. Porque é que não deixas os encontrões para o Arnaldinho?

Furiosa, Marisa limitou-se a pisar Beto, com a ponta do pé:

- E dá-te por muito feliz por não ter sido com ISTO! – respondeu ela, apontando para o salto-agulha do sapato que tinha calçado.

- *Y bien, con esta ultima receta, terminamos nuestro workshop!* (E, bem, com esta última receita, concluímos o nosso workshop) – declara Júlio, pondo fim ao workshop de bebidas. – *Espero que ha sido bueno para todos, Muchas gracias, nos vemos en el bar de la playa, muy pronto* (Espero que tenha sido bom para todos, muito obrigado, vemo-nos muito em breve no bar da praia).

Enquanto os outros participantes saíam da sala, Beto e Marisa, que tinham iniciado outra discussão mesmo no fim daquele workshop, continuaram na sala, ainda a barafustar um com o outro. Divertido, agora que terminara a sua formação, Júlio assistia a tudo, cantarolando enquanto arrumava o espaço:

- *Ay, el amor…*

Surpreendidos, ambos ficaram a olhar para ele, que, com um copo na mão e um pano na outra, os fitou e voltou a cantarolar:

- *Ay, el amor, el amor es muy lindo…*

Marisa, que percebeu que Júlio estava a falar dela e de Beto, tentou desmentir:

- *Yo? Enamorada de el? Que no!* (Eu? Apaixonada por ele? Nem pensar!) – e virou costas, dirigindo-se para o elevador.

Júlio acenou que não com a cabeça, limpando os copos com calma… aquela "chica" era um osso duro de roer, e Beto já tinha percebido isso há muito tempo.

- *Como la aguantas*? – quis saber Júlio, curioso

- Conhecemo-nos há alguns anos, ela tinha um namorado e eu também tinha uma namorada. Só que a minha relação acabou há dois ou três dias. E não foi por causa dela!- explicou Beto, apontando para a porta da sala.

Parando o que estava a fazer, Júlio ficou ainda mais curioso:

- Entom como terminaste com a tu novia?

-Pá… Eu tinha uma surpresa para ela, era virmos os dois, e ali em frente ao teu bar… posso tratar-te por tu, não posso?-questionou Beto, sem saber se poderia ter esse à-vontade com uma pessoa que conhecia há tão poucos dias

- *Si,* sem problemas – afirmou Júlio, confirmando com a cabeça.

- Pronto, eu era para fazer-lhe uma surpresa e ali em frente ao teu bar ia pedi-la em casamento!

- Si? Que bonito, *muy buena idea,* mas que *pasó*?

- Pois é, no dia anterior, eu estava quase a dizer-lhe para fazer as malas, porque vinha viajar comigo, e como por coincidência, recebo uma mensagem dela… a terminar tudo!

Pondo-se direito, Júlio ficou admirado:

- *No...*!

- Ah, pois foi! – confirmou Beto, tentando disfarçar mais uma vez o desapontamento. – E depois, ainda me destratou, quando eu já estava cá, e lhe perguntei se sabia o significado de uma simples palavra! A mim, que nunca lhe fiz nada de mal!

- Que *mala* (má) sorte que tens com as mulheres!!- exclamou Júlio, reparando que tal como Marisa que não tratava nada bem Beto, a ex-namorada também não se tinha portado bem com ele. E continuou: - Só que tu gostas desta chica e ela gosta de ti. Eu vi.

Intrigado, Beto pensou que Júlio estava a brincar com ele:

-Não me parece, damo-nos tão mal. Aliás, nunca nos demos bem. Ela acha-se superior a mim! Nah!

- *Creme, tu le gustas* (Acredita em mim, ela gosta de ti)! Ela está aqui *sola, verdad*?

- Creio que sim, pelo menos foi o que ela disse há bocado. Mas não me lembro dela alguma vez aldrabar, ou mentir, nem quando éramos colegas de curso. Se tinha um carro pequeno, não dizia que tinha uma limousine.

- *Y para su novio, xá disse algo que no era verdad?* (E ao namorado, já disse algo que não fosse verdade?)

- Acho que uma vez lhe disse que ia a uma reunião de trabalho e foi sair com umas amigas.

- *Aí tienes! Lo ves?* A ti, nunca disse *una mentira, a él...* (Lá está! Estás a ver? A ti, nunca disse uma mentira, já a ele...) -e continuando a sua "teoria", Júlio justificou, no seu "portunhol" habitual: - *Tu le gustas, não tengas dudas* (ela gosta de ti, não tenhas dúvidas)...

- Não sei- respondeu Beto, encolhendo os ombros. E dirigindo-se para a porta da saída, despediu-se de Júlio: - Bem, vou andando, quero ver se sossego o meu patrão, que a esta hora já deve ter ligado umas cinquenta mil vezes.

- Vale! – Disse Júlio, rindo. – *hasta* logo.

Enquanto Beto conversava com o seu patrão, revirava os olhos, porque já se começava a cansar de ouvir sempre o mesmo "relatório":

- Porque é que não estás aqui, rapaz? Se foste para aí sozinho, só foste perder tempo! Não estavas aqui muito bem?

- Oiça, Sr. Leonel… eu estou aqui mesmo bem, estou a aprender coisas novas, hoje houve o workshop de bebidas saudáveis e se calhar vou levar algumas receitas para o meu snack-bar, que isto vai atrair muita gente.

- O quê????????? Vais pôr os clientes a beber sumo de couve? Achas que eles por acaso são coelhos? – Perguntou o Sr. Leonel, nitidamente assustado… só lhe faltava agora isto, dar sumos de couves e de outros legumes, onde só se comiam bolos, torradas entre outras coisas ligeiras, e onde a bebida mais saudável era o chá…

- Não, Sr. Leonel, também não quero chegar a tanto! – disse Beto, tentando sossegar o seu patrão. Se bem que a sua ideia passava por algo semelhante… ainda assim, viu-se forçado a dar outra ideia: - Eu pensei em fazer uma ementa mais saudável, onde juntava às sanduíches que já temos, uns sumos combinados por duas ou três frutas. Está a usar-se muito, toda a gente gosta e o negócio crescia!

- Se tu achas, eu vou confiar, mas olha que não sei, não, rapaz! – respondeu o Sr. Leonel, desconfiando daqueles planos

"Como sempre… e depois repara que afinal dá resultado", pensava Beto. Guardando estes pensamentos para si, tentou sossegar, mais uma vez, o patrão:

- Bem, Sr. Leonel, agora tenho de ir, que amanhã sou eu que vou ensinar algumas coisas e vou ter de estudar umas palavrinhas de espanhol para entender os outros e também para fazer-me entender aqui.

Curioso, o Sr. Leonel quis saber:

- Vais ensinar? O quê?

- A nossa comidinha, que é tão boa! Dois ou três pratos, ou os hábitos diferentes no país... ainda não sei. Sei e que tenho de mostrar o que temos de bom, que é muito melhor do que as "enchiladas", os "tacos" e as "paellas" que se comem por aqui.

- Faz isso, rapaz, faz isso, que não há como a nossa comida! – disse o Sr. Leonel, satisfeito e parecendo ter mudado de ideias quanto a querer Beto de regresso ao trabalho – Assim eles ficam a saber qual é a melhor comidinha do mundo, a nossa!

"Sempre o mesmo", pensou Beto, enquanto se despedia:

- Bem, então vou andando, até amanhã, Sr. Leonel, depois do meu workshop volto a ligar-lhe!

- Até amanhã. Depois falamos.

Desligada a chamada, Beto desceu à recepção e, vendo que Manuela não se encontrava lá, perguntou a Juana:

- Olha, desculpa, um sitio para… - tentando lembrar-se como se dizia "jantar", fez uma pausa – não, "comer" é almoçar…

- *Para cenar?* – perguntou Juana, como que a ler os pensamentos de Beto.

- Sim, isso! – respondeu Beto, estalando os dedos – um sítio para *cenar*.

Tentando fazer com que Beto a compreendesse da melhor maneira, Juana explicou no seu espanhol mais simples e com a ajuda de gestos:

- *Mira, es así: tienes aqui muy, muy cerca, un bar de tapas, con comidas locales y internacionales, sólo tres puertas a la izquierda del hotel… y tienes un restaurante, com menu completo, dos calles arriba. Para mi, estos dos son los mejores* (Olha, é assim: tens aqui muito, muito perto, um bar de tapas, com pratos locais e internacionais, só três portas à esquerda do hotel... e tens um restaurante, com menu completo, duas ruas acima. Para mim, estes dois são os melhores).

- Gracias, Juana. – respondeu Beto, satisfeito por ter compreendido o que a recepcionista lhe tinha dito. Ufa... afinal não era assim tão difícil perceber espanhol, o pior era mesmo falar!

Saindo do hotel, Beto ficou indeciso... e agora? Petiscos... ou faca-e-garfo? O que é que lhe apetecia? De repente, lembrou-se de que Juana lhe tinha dito que os petiscos também eram internacionais! Quem sabe não lhe aparecia à frente um pires de caracóis, ou um queijo da serra, ou uns pastéis de bacalhau? Curioso, Beto decidiu pela casa das tapas.

- Deixa-me em paz, Arnaldo, já te disse que estava a falar a sério quando não queria que falasses mais comigo! – ouvia Beto, à entrada do restaurante de tapas...

"Só me faltava estar aqui a Marisa, mas pronto, vim aqui para jantar, não vim para me aborrecer, vou fazer de conta", pensava ele, enquanto se instalava na única mesa disponível: ao lado da dela!

- Não, não quero que venhas ter comigo, tenho muito trabalho estes dias, já te disse que não vim para aqui de férias! E por falar nisso...- continuou ela, reparando que Beto acabara de entrar – vou estar mesmo MUITO ocupada, porque tenho outras situações a tratar. Sabes, é que estou a ver que vou mesmo ter de trabalhar muito para levar as MELHORES novidades comigo.

Apercebendo-se de que Marisa entrara já no seu habitual espírito competitivo, Beto ignorou a provocação e fez o seu pedido:

- Por favor, queria... berberechos, queijo com jamon... um bocadillo... - e apontando para uma sanduíche que tinha alface, um queijo fora do vulgar (alaranjado), tomate, pimento laranja e um lombo muito esquisito, disse: - este... e um chá frio. É... um té frio!

Marisa, que sem querer tinha escutado o pedido, estava a tentar despedir-se do ex-namorado e desta vez não se conseguiu segurar:

- Olha, Arnaldo, deixa-me mas é jantar, que quero ver se o faço depressa para não apanhar intoxicações, está bem? Esta conversa já me está a cansar e tu não me estás a largar. Com licença.

Desligando o telefone, pousou-o em cima da mesa e respirou fundo, saturada com a conversa. Beto, fazendo de conta que a última provocação tinha sido para o ex-namorado da sua colega, rodou na sua cadeira e virando-se para Marisa, perguntou:

- Está tudo bem?

Ela, que ainda não tinha feito o seu pedido, e visivelmente irritada, respondeu-lhe secamente:

- Não, não está. Este marmelo acha que pode terminar e reatar como bem lhe entender! Acha que pode mandar e desmandar na minha vida. – E apercebendo-se de que estava a falar da sua vida privada, perguntou: - Mas eu por acaso tenho de dizer-te alguma coisa sobre a minha vida?

Querendo sossega-la, Beto continuou, calmamente:

- Olha, Marisa, eu sei que não nos damos bem, e nunca nos demos. Mas o facto de estares com um idiota não quer dizer que agora tenhas de descarregar as tuas zangas com ele para cima de mim. Ele ao menos quer continuar contigo, já eu… - respirando undo, Beto viu-se obrigado a interromper o que estava a dizer, tentando segurar o enorme nó que sentia na garganta e as lágrimas que insistiam em aparecer.

- Tu o quê? – quis saber Marisa . E fazendo um olhar de desconfiada, deu um palpite : - espera aí, tu não me digas que… - e fazendo um gesto na horizontal com a mão, deixou Beto terminar a frase.

- Foi isso mesmo – disse ele, acenando afirmativamente e tirando as lágrimas com as mãos, antes que elas descessem pelas faces.

- Mas vocês estavam tão bem! Eu até tinha inveja de vocês! – exclamou Marisa, já mais calma, totalmente diferente daquela rapariga que estava constantemente a provocar e a insultar Beto.

Este, admirado por ouvir semelhante comentário, continuou a conversar com a colega normalmente, respondendo-lhe:

- Pois é, mas sabes, que eu tinha marcado esta viagem com um propósito... ia pedi-la em casamento. E na véspera, quando ia dizer-lhe para fazer as malas, para vir comigo... recebi isto!

Mostrando a mensagem da ex-namorada, percebeu a expressão genuinamente zangada de Marisa.

- Desgraçada, egoísta só pensou nela...é um Arnaldo de saias! Mas pior, bem pior. – murmurou ela, de modo a que apenas Beto ouvisse..

Entretanto, o jantar tinha chegado, todo ao mesmo tempo, e Beto, que pensava que as doses seriam mais pequenas, de repente percebeu que não ia conseguir comer aquilo tudo.

- Ih, eu não vou conseguir comer isto tudo! É mais do que eu imaginava... as fotos mostravam doses mais pequenas!

- Se quiseres, partilhamos, eu tinha falado naquela parvoíce da intoxicação, mas deves ter percebido que estava a provocar-te – disse Marisa, como que arrependida do que tinha feito há minutos.

- Está bem, mas vamos ter de mudar a posição das mesas, sentarmo-nos de outra forma e pedir outro prato para ti. – respondeu Beto, meio inseguro...

- *Cariño*, já te esqueceste que eu sei espanhol? Comigo não há problema de barreiras linguísticas.- E virando-se para o funcionário do restaurante – *Por favor, podemos mover las mesas y las sillas? Ponerlas juntas?* Gracias. (Por favor, podemos mexer as mesas e as cadeiras? Juntá-las? Obrigada)

- Bem, parece que pelo menos hoje vamos conseguir passar uma noite sossegada – disse Beto, enquanto se levantava para trocar a sua cadeira de lugar, colocando-se ao lado de Marisa.

- Então, que temos aqui? Hum, só coisinhas boas, queijo com presunto, berbigão na casca, como se fossem as nossas amêijoas à Bulhão Pato, uma sanduíche tamanho familiar... e um litro de chá? Por acaso pensavam que vinham mais pessoas para a tua mesa?

- Devem ter adivinhado, depois de nos ter visto a conversar – brincou Beto.

- Quem sabe...? Olha que a brincar, a brincar... - respondeu Marisa, procurando novamente o funcionário com o olhar.

- *Si, señorita ?* (sim, menina...?) – Perguntou um jovem moreno, sorridente, que a tinha visto a solicitar por algo

-Si, queria un vaso, un plato y un tenedor para mi, por favor. Y más servilletas. (Sim, queria um copo, um prato e um garfo para mim, por favor. E mais guardanapos)

- *Algo más? Más pán, tostadas... (Mais alguma coisa? Mais pão, tostas...)*- quis saber o jovem, antes de se retirar.

- Sim, os dois – respondeu Beto, mostrando o cesto, que já se encontrava quase vazio

- Guloso! – comentou Marisa, dando-lhe uma cotovelada e rindo. Tirou um pouco do queijo da tábua, colocou num pouco de pão e provou... e apesar de ter gostado, reconheceu que não era do melhor que já tinha provado.

- Que te parece, o queijo, não é mau, pois não? – quis saber Beto, curioso

- Pois é, não é mau, mas o nosso ainda é melhor, aqueles queijinhos mais fortes, de ovelha, para mim são os melhores, tanto o da Serra, como da Beira Baixa, ou Nisa... este parece mais o nosso normal, o "de todos os dias"!

- Tem piada, eu achei bom, mas também achei suave, só que prefiro os outros, mais salgados e de mistura! Já este pão...ainda não consegui parar! Parece o nosso!

- Pois eu gosto mais deste – disse Marisa, apontando outro – talvez por ser diferente, não sei se sabes, mas eu adoro as variedades diferentes de pão. Não pode é ser pesado, e este teu favorito é muito pesado para mim. Mas gosto! Só que também estamos num lugar que tem outros sabores, gosto de provar o que é de cá. Olha, está aqui o meu prato, finalmente vou poder provar as outras coisas – e virando-se para o funcionário: - *Gracias* (Obrigada.)

- *Algo más?* (mais alguma coisa?) – quis saber ele, sorridente.

- *No, eso es todo* (não, é tudo)- respondeu Marisa, retribuindo o sorriso.

Serviu-se de um pouco de berbigão, que já começava a ficar frio, e passou a travessa a Beto, avisando-o:

- Tira um bocado e come, antes que fique gelado. Já está a ficar frio…

- Está bem Dona Marisa…! – disse Beto, em tom brincalhão, deixando escapar uma gargalhada à sua colega.

- Olha, o que eu sei é que mesmo frio e tudo isto está mesmo bom! E é só para nós! – continuou Marisa, consolada

- Vamos agora provar este "boca…" como é que se diz? – perguntou Beto, que já se tinha esquecido de como tinha feito o pedido.

- "Bocadillo" – respondeu Marisa, reavivando-lhe a memória. – é um "bocadillo", mas parece mais um "bocado", é enorme!

- Ok, vamos provar isto… é mesmo grande, mas parecia mais pequeno, e o que me atraiu foi o facto de ter este pimento e este lombo, parece paio...

- Bem, não posso negar que escolheste bem, até agora. Até este chá gelado é delicioso, não sei bem o que é, mas é mesmo bom!

De facto, Beto tinha feito uma escolha pouco ousada, mas muito saborosa. Como não bebia álcool, tal como Marisa, gostava de variar nas bebidas não alcoólicas, tentava não acompanhar tudo com água

- É o da casa, disseram-me que é de laranja e mais qualquer coisa que não consegui perceber... mota, qualquer coisa – disse ele

- Ah, bergamota... faz umas combinações muito boas. – disse Marisa, enquanto dava outra trinca na parte do "bocadillo" que tinha partido para si. – e com este pitéu aqui... está mesmo divinal, uma mistura de doces e salgados maravilhosa. Acho que vou falar disto amanhã

- O quê, petiscos? – quis saber Beto, algo admirado. Só lhe faltava esta, ela ter-se servido do jantar como cobaia para exemplo para o workshop no dia seguinte… já se ia zangar outra vez!

- Não, seu tonto, mistura de doces e salgados! Tínhamos tanto esses hábitos e agora com a mania dos "ai isto faz mal, aquilo engorda", parece que perdemos os prazeres bons da vida! E essas misturas são um desses prazeres! Não concordas?

- Ah, sim, em absoluto! – respondeu ele, mais aliviado. Ufa… afinal não estava a ser "alvo de experiências", como acabara de recear!

- Então e tu, também vais dar algum workshop amanhã, ou quê? – quis saber Marisa, fazendo com que Beto quase se engasgasse.

- Hum… eu… ah, sim, vou, sobre a nossa comidinha. Ainda estou a pensar de que pratos vou falar, mas vou mostrar a estes *"come ons"* (Lê-se "camones") o que é comida a sério!

- Boa ideia, também tinha pensado no mesmo, mas como sou mais dada a sobremesas, preferi ir por esse campo, e estou agora aqui com estas ideias.

- E podes já dar alguma dica, alguma pista...- perguntou Beto, tentando perceber até que ponto Marisa queria levar o seu plano avante.

- Por exemplo, o queijo da serra, vai bem com o pão-de-ló, o queijo normal, combina tão bem com a marmelada...essas combinações tão nossas que se estão a perder, muito por culpa das manias da moda!

- E vais mencionar este jantar, por algum acaso? – tentou saber Beto, cada vez mais intrigado e curioso.

Marisa, percebendo que o seu colega estava a ficar desconfiado, e não querendo voltar àquele ambiente de zanguinhas fúteis de antes, respondeu-lhe, com um olhar misterioso:

- Vais ter de lá estar, para saber. Por enquanto, não te digo mais nada, senão, ficas a saber tudo.

Piscou-lhe o olho e engoliu o último gole de chá gelado especial da casa, deixando Beto a pensar no que quereria ela dizer com aquilo, enquanto pagava a conta.

-Vamos? – disse ela, sorridente, depois de terminar a bebida.

- Vamos. – respondeu Beto, ainda pensativo

Nisto, toca o telemóvel de Marisa e o olhar calmo de felicidade e tranquilidade transforma-se em irritação, assim que ela vê "Arnaldo" no visor.

-Vou deixar tocar – disse ela, tentando não se incomodar mais. No entanto, após o telemóvel parar, voltou a dar sinal de chamada, e, já fora do estabelecimento, Marisa estava prestes a explodir de raiva:

- Mas este imbecil ainda não percebeu que eu não quero ficar parada no tempo como ele?

- Atende, vá, pode ser importante – disse Beto, paciente

Motivada pelo apoio de Beto, Marisa atendeu:

- Estou! Diz de uma vez por todas o que é que queres! – disse ela, secamente.

"Ui, também tenho de ter cuidado com ela!"
Pensava Beto, ao ouvir o modo como atendeu o
ex-namorado… e não era para menos, já a
conhecia há uns aninhos, sabia muito bem como
ela era!

- Tem calma, só queria saber se estavas
bem, minha docinha! – respondia Arnaldo, do
outro lado da linha

- Por favor, Arnaldo, mete isto na tua cabeça
de uma vez por todas: NÃO sou a TUA docinha!
Pára com essa conversa, se não queres que
fique enjoada, e olha que é uma pena, que jantei
MUITO bem, e em MUITO boa companhia! –
respondeu ela, piscando novamente o olho para
Beto, que ficou sem reacção perante esta
atitude, mas sentiu-se corar até à ponta dos
cabelos.

- Dizes isso só para me aborrecer, mas eu
perdoo-te, estás sozinha, carente… - continuava
Arnaldo, fazendo Marisa suspirar de desespero
e revirar os olhos – Eu…-

- Não quero saber mais nada, Arnaldo. Acabou-se! – respondeu Marisa, desligando-lhe o telefone.

- Ele não te larga, estou a ver. Acho que vais ter de tomar alguma atitude mais drástica… - dizia Beto, desabafando por ela.

- É que é já, queres ver? – murmurava Marisa, ainda visivelmente irritada. De telemóvel na mão, sempre a caminhar ao lado de Beto, procurou o número de Arnaldo e bloqueou-o. – Pronto! Assim não me incomoda mais! Vamos ver se me ligas mais enquanto cá estiver…"docinho fora de prazo"!

Este comentário fez com que Beto desse uma sonora gargalhada; visto que estavam já à entrada do hotel, estes risos chamaram à atenção de Manuela e de Juana, que se preparavam para trocar de turno com os recepcionistas nocturnos.

- Então estão a dar-se bem? Mas não se davam mal? – perguntou Manuela, curiosa

- *Long story*, Manuela, *Long story* (É uma longa história, Manuela, é uma história muito comprida)! Depois digo o que aconteceu. – esclareceu Beto, acenando de longe, enquanto Marisa encolhia os ombros, com um enorme brilho nos olhos e um sorriso estampado no rosto.

- *Que ha pasado?* (Que se passou?)– quis saber Juana, sem perceber bem o que tinha acabado de ver.

- *Es que ellos ahora son amigos... o algo más, por lo que veo.* (É que agora são amigos... ou mais alguma coisa, pelo que vejo)– respondeu-lhe Manuela, algo entusiasmada.

- *No...! En serio?* (Não...! A sério?)– perguntou Juana, entre o contente e o surpreendida.

- *Si, verdad, lo ves?*(Sim, é verdade, estás a ver?) – dizia Manuela, em voz baixa, enquanto mostrava à colega os dois hóspedes parados à espera do elevador...abraçados!

- *Ay, que bueno...!* (Ai, que bom…!) – respondeu Juana, batendo palmas em silêncio, alterando logo a sua expressão de alegria para uma mais séria - ahora tenemos de ayudarlos (agora temos de os ajudar)!

- *Que me lo dices, chica?* (Que estás a dizer-me miúda?) – questionou Manuela, preocupada.

- *Pués que ella se va en dos dias y el solo en el final de la semana!* (Então, que ela vai-se embora daqui a dois dias e ele só no fim-de-semana!) – lembrou Juana

- Ih, pois é…! – disse Manuela, esquecendo-se de que estava a conversar em espanhol . Mas, como que se "acordasse" de repente, respondeu-lhe: - *Ay… perdón! Venga. Vamos a ver se podemos hacer algo por ellos* (Ai… desculpa! Anda, vamos ver se podemos fazer alguma coisa por eles).

Pegaram nos registos, consultaram os ficheiros no computador, fizeram umas pesquisas… e tomaram nota de uns dados.

-*Vamonos, tienes todo, Juana?* (Vamos, tens tudo, Juana?)– quis saber Manuela, certificando-se de que iriam conseguir fazer tudo o que queriam.

- Si, Manu! – Respondeu Juana, pegando em todas as informações que tinham reunido. E, virando-se para os recepcionistas nocturnos que acabavam de chegar : - *Hasta mañana, chicos!* (Até amanhã, rapazes!)

"Truz, Truz!"- foi com o barulho deste bater de porta que Beto acordou, e algo aliviado, visto que tinha sonhado que a sua ex estava a dizer-lhe que ele só a incomodava e que era um obstáculo na sua vida.

Foi abrir a porta e deu de caras com Marisa, que estava também algo aborrecida e aflita, correndo logo para os seus braços.

-Marisa...o que é que se passa? Que aconteceu? – perguntou ele, preocupado. Nunca tinha visto a sua colega assim.

- Não imaginas... o bloqueio não foi o suficiente, hoje de manhã, quer dizer, ainda há bocadinho, não é... estava a ver se tinha algum e-mail importante, podia ter-me escapado alguma coisa para o workshop de hoje à tarde. E tinha um mail do Arnaldo! Diz que vai buscar-me ao aeroporto amanhã! Só que eu já lhe disse ontem... bem, aquilo que tu ouviste!

- Mas ele não percebe o que significa acabar alguma coisa? Não haver mais nada? Ele não sabe o que isso quer dizer?

Beto estava também a ficar irritado com tamanha insistência. A sua colega de curso não tinha sossego! E ele já começava a compreender o porquê dela ter a atitude que teve durante tanto tempo, julgava que todos os homens eram como o seu agora ex-namorado...até perceber que havia pessoas e pessoas...

- Olha, Beto, eu estou sem saber o que fazer, já lhe disse vezes sem conta que não quero mais nada e já o bloqueei no telemóvel. Agora não sei como foi que descobriu que me vou embora amanhã, porque não lhe disse nada. Já tinha terminado tudo com ele quando fiz a marcação da viagem e do regresso. Pedi expressamente que não lhe dissessem quando voltava para Portugal. E ainda assim ele descobriu! – explicou Marisa, abraçada a Beto e com uma mão sobre a testa, de cotovelo apoiado no seu ombro.

Encaminhando-a para dentro do quarto, Beto tentou sossegá-la:

- Anda, vamos sentar-nos em cima da cama, está desfeita mas dá para nos sentarmos para te acalmares. Já tomaste o pequeno-almoço?

- Não, ia descer para tomar, quando me lembrei de ligar o portátil e foi quando vi aquela "bela surpresa" – ironizou Marisa.

- Então espera, tomamos aqui, eu faço um pedido para os dois. Gostas daqueles completos, como eu?

- Eu adoro os completos, mas não sabia que tu gostavas, pensei que eras mais de…

- O quê, leitinho e pãozinho? – gracejou Beto – Minha querida, eu se quiser, bebo até sumos tropicais de manhã, preciso é de os ver à minha frente e ter disposição para isso! O leitinho e o pãozinho estão tão banalizados, e eu estou tão cansado de ver sempre a mesma coisa à minha frente, que até já enjoei, ultimamente tenho andado só a "ar e vento", de manhã, porque não vejo um local que me mostre um pequeno-almoço decente! Se quiser, tenho de o fazer, mas isso demora e não tenho tido tempo!

- Olha, não sabia, mas é que não sabia mesmo! – respondeu Marisa, admirada : - Como te via a querer seguir um negócio muito simples e escolhas muito simples, pensei que também fosses de gostos muito simples…

- Já falamos, agora deixa-me pedir o pequeno-almoço. Relembra-me como é que se diz…

- Desayuno – esclareceu Marisa, sorrindo.

- É isso – disse Beto, enquanto fazia a ligação à recepção, e assim que atenderam: - Sim…? Desayuno completo para dois, por favor, para Beto Silva. Obrigado.

- Foste muito rápido, estou admirada! – exclamou Marisa – para quem não sabe quase nada de espanhol…

- Sabes, é que vinha preparado para uma coisa e agora tive de me apetrechar para outra – esclareceu Beto, mostrando o caderno e o guia de conversação.

- Estou a ver, vais ter de aprender muitas coisas de espanhol, se queres dar o workshop da nossa gastronomia. Se quiseres ajuda…

- Pode ser, se tiveres um tempinho na tua agenda, o meu workshop é às quatro, creio que é a seguir ao teu… - dizia Beto, enquanto se arranjava na casa-de-banho.

- Está bem… olha, parece que vem aí o nosso pequeno-almoço.

Com efeito, ouviram alguém bater à porta, e ao ir abrir, Marisa deu de caras com Manuela!

- Mas… - ia começar Marisa, alto e bom som, quando Manuela lhe fez sinal de silêncio e lhe entregou uns papéis para a mão, sussurrando:

- Se quiser continuar a ser feliz, aconselho-a a que veja estas informações que eu e a Juana tirámos, entre ontem e hoje. Faça isto e livre-se do seu namorado de uma vez por todas!

- Mas este não... - ia responder Marisa , voltando mais uma vez a ser interrompida por Manuela:

- Eu sei, este senhor conhece-a há bastante tempo, o seu namorado é outro, veja, está tudo aqui nestes papéis... siga o meu conselho e faça o que lhe digo!

Intrigada, Marisa abriu os papéis e viu o nome de Arnaldo ligado a alguém que trabalhava numa agência de viagens!

-Agora percebi tudo... aquele e-mail de manhã... obrigada, Manuela!

-Não foi nada, estou aqui para ajudar, eu e a Juanita! – dizia Manuela, enquanto se afastava do quarto de Beto.

- Quem era? Já chegou o pequeno-almoço? – quis saber Beto, curioso.

- Era a Manuela, da recepção... entregou-me aqui uma data de papelada... mas já vou ver isto, parece que agora é que estão a trazer o pequeno-almoço...

Com efeito, estavam a bater novamente à porta, e era, de facto, o serviço de quartos do hotel, a trazer um vasto pequeno-almoço com tudo a que tinham direito: iogurte, cereais, pão, torradas, croissants quentinhos, biscoitos caseiros, sumos variados, manteiga e compotas.

- Bem, isto aqui só falta mesmo a fruta, e pouco mais! Mas também nem é preciso, há tanta coisa boa que nem sei por onde começar! – exclamou Marisa, já com a sensação de estar a "comer tudo com os olhos".

- Pois eu é já por aqui, olha, queres ver? – pegou num sumo e entregando outro igual a Marisa perguntou-lhe, em tom de desafio: - brindamos a quê?

- Hum... a livrarmo-nos de "dores de cabeça ambulantes"! Concordas?

- Plenamente! – respondeu Beto, satisfeito, enquanto os copos se tocavam – E até vou fazer mais, mas depois mostro-te! Agora, vamos deliciar-nos com estas coisinhas maravilhosas que estão aqui à frente!

E tomaram um pequeno-almoço, sossegados, enquanto contemplavam a companhia um do outro e pensavam nas actividades que iriam ter naquela tarde. A certa altura, Marisa voltou a pegar nos papéis que Manuela lhe tinha dado há pouco e decidiu ver do que aquilo se tratava:

- Vamos lá a ver o que é que ela me quis dizer com o "livrar-me do namorado"…

- Como assim? – perguntou-lhe Beto, curioso – ela pensa que nós…

- Não, ela SABE do Arnaldo…tenho é que perceber como! E aqui – explicava Marisa, agitando os papéis abertos na mão – deve mostrar tudo.

- Deixa ver uma dessas folhas, deixas? – pediu Beto

- Toma, vê esta… enquanto eu tento desmarcar este vôo – respondeu ela, entre duas trincas num croissant, e analisando as marcações previamente efectuadas.

- Não, não faças nada, ainda. – aconselhou Beto, sem tirar os olhos da folha que Marisa lhe tinha entregue – parece que qualquer passo que dês, segundo o que mostre aqui, o Arnaldinho vai seguir-te, olha…

Com efeito, de acordo com o que Manuela tinha dado a Marisa, as informações diziam que Arnaldo tinha familiares próximos a trabalhar na agência de viagens para onde Marisa tinha contactado. E como tal, uma remarcação por ali seria outro reencontro com a última pessoa que ela queria ver!

- Desgraçado, foi perguntar ao parceiro de noitadas… que ainda não percebi bem se é primo ou se é sobrinho… sei é que se dão bem e contam tudo um ao outro, aqueles dois, se fossem homem e mulher casavam-se, estão bem um para o outro! – desabafou Marisa, irritada

- Tem calma, vamos pensar como podemos fazer com que te livres dele de uma vez por todas. Diz aqui que o teu regresso está marcado para amanhã, não é?

- Sim, é amanhã, porque ainda queria ver se fazia algumas coisas antes de voltar ao trabalho, como por exemplo livrar-me das coisas deste empecilho, que se julgava já dono e senhor da minha propriedade...- continuou Marisa, suspirando.

- Então, espera, fazemos assim, deixa que eu marco o teu regresso directamente com o aeroporto, peço para trocar a data e vamos no mesmo dia, pode ser? – perguntou Beto, algo receoso de que Marisa se recusasse ao seu pedido.

- Está bem, de qualquer forma, tenho de me livrar daquele otário e tenho! Assim ele vai para o aeroporto e fica lá, plantado, à minha espera, mesmo depois de eu o avisar.

- Vai esperar sentado, e bem pode, senão fica com bolhas nos pés, coitadinho! – gracejou Beto, ironicamente

Riram-se os dois com sonoras gargalhadas de tudo o que disseram e enquanto se levantavam da mesa, para reunir os papéis, deram um leve encontrão. Beto ia pedir desculpas, mas Marisa acenou com a mão que não fazia mal e nessa altura repararam que os papéis tinham caído no chão.

Quando Marisa se ia baixar para os apanhar, Beto puxou-a para cima por um braço, colocou uma mão sobre a sua cintura, com a outra fez uma festa no cabelo castanho-claro e ondulado de Marisa, que o olhou nos olhos.

Foi nessa altura que perceberam que afinal, todos os episódios de zangas e zanguinhas, brigas e provocações... tudo era um modo de dissimular aquilo que realmente sentiam um pelo outro! Abraçando Beto com vontade, Marisa deixou-se ser acarinhada por ele, sentindo naquela festa no cabelo o conforto que já não recebia há muito tempo.

Beto voltou a olhá-la nos olhos e desta vez não conseguiu aguentar: beijou Marisa como se ela fosse uma namorada que não via há muito tempo. Esta, surpreendida, retribuiu o beijo, abraçando-o logo a seguir com muita vontade.

-O que é que estamos a fazer? – perguntou ela, ainda sem perceber o que se tinha acabado de passar.

-Acho que estamos a deixar de mentir a nós mesmos – respondeu Beto, ainda abraçado a Marisa. – Afinal temos mais em comum do que qualquer um de nós imaginava e não sabíamos e foi preciso estarmos aqui os dois para descobrir isso…

- Pois é, tens razão, olha que eu não imaginava que tu fosses tão diferente do palerma do Arnaldo! Como te via há anos querer "jogar pelo seguro", pensei que fosses bem mais tradicional… - desculpava-se Marisa

- Eu sei, era esse o ar que dava, não era? Mas a minha ideia sempre foi outra, foi pegar em algo já existente e modernizar! Sempre tive medo das coisas feitas de raiz, há tanto negócio que falha e tanto dinheiro que se perde... e foi por isso que escolhi o que escolhi. – justificou-se Beto

- Mas já conseguiste modernizar alguma coisa, como querias? Ou ainda não passou nada do papel? – quis saber Marisa, curiosa

- Já, e nem calculas como. Havia um cafezinho que nem sumo de laranja tinha e já tem menús rápidos, está para ampliar a ementa, vou colocar mais umas coisinhas que vi no workshop do Júlio...

Marisa estava a ouvir e ia dando largas à sua imaginação, maravilhada, enquanto soltava uns "hum...!"

- ...e é assim, vi neste evento a hipótese de melhorar aquele conceito, os clientes contam com o meu potencial para chamar ainda mais e melhores clientes, sem ser apenas aqueles do "leitinho e da torradinha"! – concluiu Beto, sem deixar de fazer cara de enjoado ao pronunciar "leitinho e torradinha"

Marisa riu-se com vontade ao ver a expressão dele:

- Como eu te compreendo! Estou tão farta dessas duas coisas que agora posso tomar os pequenos-almoços todos que quiser. Se me apetecer, tomo, se não me apetecer não tomo, se quiser chá, bebo chá, se quiser crepes com fruta, é isso que como, se quiser sumos de fruta, faço e ninguém tem de opinar e dizer que são manias para emagrecer! Faço o que quiser e pronto!

- Manias para emagrecer? Não me digas que o Arnaldinho diz isso... - questionou Beto, tentando adivinhar as insinuações de Marisa

- Ah, pois diz, ou melhor, dizia, porque não vou ter de o ouvir mais! – respondeu ela, decidida. E, continuando: - queres ver?

Decidida, pegou no papel que tinha os números do aeroporto e procurou o contacto directo das marcações. Assim que o encontrou, pegou na esferográfica de Beto e rodeou o número..

-Que vais fazer? – quis saber Beto, desconfiado.

- Nada de especial. Basta que me digas apenas a tua data de regresso e altero a minha, apenas isso. Só que não vou falar com ninguém da agência, desta vez… agora só se trata de arranjar forma de livrar-me de gente indesejada! – respondeu Marisa, dando ao de leve com a esferográfica na face, pensativa... como iria ela ter a certeza de que não iria ter uma surpresa menos agradável no aeroporto?

- Espera aí, eu quando vim, estava tão triste que nem quis saber mais da data de regresso, sei que é mais para o fim desta semana, mas não sei a data exacta – esclareceu Beto, enquanto ia ver o passaporte e o bilhete – mas espera aí que já te digo.

Continuando a vasculhar a sua papelada, encontrou no meio da documentação uma surpresa que estava para fazer à sua ex-namorada e subitamente todas as recordações lhe assombraram a memória: o que estava a planear fazer, o pedido de casamento que foi por água abaixo (e que bonito que ia ser!), a mensagem que recebeu na véspera da viagem... e por pouco não se desfez em lágrimas.

- Estás bem, Beto? – perguntou Marisa, vendo que ele olhava para algo fixamente e de repente ficara trémulo.

Ele, querendo disfarçar, largou aquele "ensaio" que tinha escrito e pôs-se a procurar o que Marisa lhe tinha pedido, respondendo com algum nervosismo:

- Sim, isto não é nada... deixa ver se encontro a maldita data, que parece que anda a jogar às escondidas comigo!

Mas Marisa, que se apercebera de que Beto tinha visto alguma coisa que o tinha deixado estranho, foi ter com ele e percebeu o motivo. Entre o enciumada e o compreensiva, pois estava a passar por uma situação algo parecida, olhou para Beto e comentou:

- Se precisares de um tempo para ti, tudo bem, só que tens de pensar que já começaste a fazer "estragos" aqui – e levando a mão de Beto ao coração dela, voltou a olhá-lo nos olhos, desta vez com um ar bastante sério.

Beto tornou a abraçar Marisa e desfez-se em lágrimas.

- Desculpa, - disse ele – sou um fraco, não consigo desligar-me desta tristeza, sei que esta viciada no trabalho, que não tem outro nome, não merece o que tinha para ela. E aliás, somos tão diferentes! Nunca iríamos dar certo!

Baralhada, Marisa fitou Beto:

- Diferentes? Quem? Eu e tu, ou tu e ela?

- Eu e ela! – respondeu Beto, rindo e beijando Marisa no cabelo. - Somos tão diferentes, que não percebo como é que meti na cabeça que podia ter tido uma vida em comum com uma mulher que só vê trabalho e vegetais à frente!

- Trabalho e vegetais?! – Marisa estava intrigada – tu não digas que ela era vegetariana daquelas mais rígidas...

- Ah, pois podes crer que é! É que nem uma fatiazinha de pão ela come! E acredita, eu já estava um bocado cansado de comer bifes de seitan de cada vez que íamos almoçar ou jantar fora!

Vendo que Beto estava mais calmo, Marisa beijou-o nos lábios e acariciando-o na face, disse, decidida:

-Anda, vamos lá procurar essa data que se escondeu de ti!

Vasculharam os papéis da viagem de ida, da estadia, procuraram no passaporte... e lá encontraram!

-Olha, está aqui! – disse Marisa, assim que viu a data do regresso num papel rabiscado muito à pressa por Beto. – Vamos mudar estas informações, pôr aqui o meu nome e assim já podemos ir no mesmo vôo!

-Espera, tenho uma ideia melhor! – exclamou Beto, entusiasmado. – Porque é que não pedimos ajuda à Manuela e à *Joana*? Afinal, elas safam-se muito bem aqui, devem saber fazer isto melhor do que nós, e além disso, temos trabalho para fazer de tarde!

- Os workshops! – recordou Marisa, como se de repente se tivesse esquecido o motivo pelo qual estava ali. – Pois é! Não vamos conseguir fazer tudo sozinhos! Vais tu lá abaixo, ou vou eu? Estas datas têm de ser mudadas depressa, porque o fim-de-semana é altura de muito movimento.

Beto voltou a beijar Marisa e respondeu, decidido:

- Dá cá esta papelada, eu vou, peço-lhes para pôr as datas em condições e digo-lhes para se livrarem disto – disse, mostrando uma folha onde tinha, anexada, um envelope com um coração colado.

- Era o que vinhas cá fazer, não era? – pareceu adivinhar Marisa

- Precisamente – respondeu ele, com a voz um pouco trémula.

- Vá, não penses mais nisso, às tantas ainda te ias arrepender de levar essa relação para a frente. Coitadinho do meu Beto, a comer couvinha e carne falsa, e nem umas tostinhas podia trincar, quando lhe apetecesse…

Enternecido por ter ouvido "meu", Beto, que já estava junto à porta do quarto, voltou para trás e tornou a beijar Marisa, abraçando-a com muita vontade. Esta, que percebeu que ele devia ter sido privado deste tipo de atenção durante bastante tempo, fez-lhe uma festa no cabelo enquanto ele a beijava e depois disse-lhe, sorridente e também decidida:

- Vá, despacha-te antes que seja impossível alterar as datas!

- Ok, eu vou lá, tens a certeza de que ficas bem aqui?

- Fico, fico, vou dar aqui uma vista de olhos às tuas ideias para de tarde.

-Vê à vontade, ainda não tenho muito, mas podes sempre dar as sugestões que quiseres. Venho já.

Atirando um beijo a Marisa da porta do seu quarto, Beto deu uma corrida para o elevador, com a cabeça cheia de pensamentos diferentes, tanto sobre Marisa, como sobre a sua ex-namorada... estaria agora a ficar apaixonado outra vez? Ou seria aquela data de anos sempre com a sensação de irritação... um verdadeiro amor disfarçado? E a sua ex-namorada, seria ela mesmo aquele amor que Beto achava que era, ou teria ele querido ver Marisa retratada nela? Cada vez mais baralhado, Beto decidiu abrir a carta que tinha escrito para a sua ex-namorada e pôs-se a ler:

"Minha querida,

É com esta paisagem de azul e dourado, que combina com a cor dos teus cabelos, que me rendo ao teu amor e às tuas palavras doces que oiço todos os dias de manhã, antes de ir para o trabalho.

Quando me levanto e não te vejo, suspiro com o dia que te possa chamar de minha... minha querida, meu docinho, meu amor...

É por ti que suspiro todos os dias e é contigo que quero ficar, sempre e para sempre!

Amo-te muito minha princesinha.

Do sempre teu

Beto"

Ao reler aquelas linhas, Beto apercebeu-se de que tinha escrito aquela carta para a ex-namorada... mas pensava era em Marisa desde sempre! A sua namorada tinha acabado de pintar o cabelo de ruivo.

A carta falava em "palavras doces", mas Beto já não ouvia um elogio, um incentivo ou fosse o que fosse, há muito tempo. E telefonemas matinais, há muito tempo que isso não acontecia! Só mensagens a dizer "desculpa, tenho muito trabalho", "agora não dá para falar", "falamos logo", e outras parecidas, pondo sempre o trabalho à frente dele.

E relativamente a tratamentos carinhosos, ela detestava isso!

Decidido, Beto dobrou o bilhete à sorte, rasgou-o em bocados bem pequenos e ao chegar à recepção perguntou a Juana:

- Olha... onde posso...? – começou ele, mostrando os papéis rasgados

- *Ah! Eso? Damelo, que lo pongo aqui.* (Ah! Isso? Dá-me, que ponho-o aqui.) – respondeu Juana, mostrando o cesto de papéis.

- E então, resolveram alguma coisa? – perguntou Manuela, que tinha acabado de chegar ao balcão.

- Por acaso sim, e gostávamos que nos ajudassem, vocês as duas, se não for abuso da nossa parte

- Da "nossa parte"…?! – exclamou Manuela, fazendo uma expressão de admiração – temos aqui progressos…! Então que ajuda é que pretende?

- É o seguinte, Manuela: o "Arnaldinho" tem este compincha aqui – explicou Beto, indicando o referido contacto – que lhe dá todas as informações. E a Marisa tirou este contacto directo do meu cartão de embarque.

- Certo – dizia Manuela, seguindo o raciocínio.

- Então – continuou Beto – o que pretendemos que seja feito, é que se mude a viagem da Marisa para o mesmo voo que o meu, contactando directamente o aeroporto. Consegue fazer isso?

- *Que será un poco difícil, pero no imposible* (vai ser um bocadinho difícil, mas não é impossível) – respondeu Juana, que tinha estado a acompanhar toda a conversa

- Pois é, *Joana*, mas tem mesmo de ser feito – disse-lhe Beto, surpreendido por se aperceber de que ela tinha compreendido perfeitamente o português.. – Senão a Marisa não se livra do namorado.

- *Si, si... lo sabemos!* (Pois, pois... nós sabemos!) – argumentou Juana, piscando o olho a Manuela, que sorria, divertida.

- Deixe estar, nós ajudamos. Vamos tratar disto esta tarde, durante os workshops, que não há grande movimento. Até lá, vamos estar um pouco ocupadas.- respondeu Manuela, pegando nos papéis e sorrindo para Beto.

-Obrigado, meninas, vou confiar em vocês. – disse Beto, correndo para o elevador e atirando um beijo às duas recepcionistas. – Conto convosco, hã?

Subiu novamente para o quarto, decidido a contar tudo a Marisa. Mas, quando lá chegou, ela não se encontrava lá!

Desapontado, olhou para a mesa do pequeno-almoço, onde se encontravam alguns dos papéis que Manuela tinha lá deixado, e viu ao lado uma folha, que tinha meia dúzia de linhas escritas. Era de Marisa.

Pegou no papel e quase se engasgou de surpresa ao ver o que acabara de ler:

"Desculpa, hoje de manhã fui muito impulsiva e invadi o teu espaço muito depressa. Creio que foi o desespero que me levou a procurar um escape, espero que não me leves a mal. E espero que possamos na mesma ir no mesmo voo.

Muitos beijinhos da Marisa"

Beto estava incrédulo! Duas tampas no espaço de menos de uma semana? Não podia ser assim, desta vez não ia ser assim! A sua ex tinha passado à história, mas Marisa… ah, por Marisa valia a pena lutar!

Com o bilhete na mão, ligou para a recepção a saber o quarto de Marisa:

- Sim por favor, gostaria de saber onde está Marisa Costa

- *No podemos dar esas informaciones* (Não podemos dar essas informações) – indicou Juana, da recepção.

- Olha, *Joana,* se eu e ela vamos no mesmo voo, temos coisas para combinar, por favor, diz-me qual é o quarto dela – justificou-se Beto

- *Vale, vale… pero no te puedo dar así, vien abajo y te lo digo!*(Está bem, está bem, mas não ta posso dar assim, anda cá abaixo e digo-te) – esclareceu Juana.

- Obrigada, até já, *Joana*.

Sem largar o papel, Beto deu uma corrida ao elevador, e vendo que estava ocupado, desceu pelas escadas até à recepção, chegando lá ofegante.

As duas recepcionistas assim que o viram trocaram um olhar e sorriram, divertidas. Após recuperar o fôlego, Beto mostrou o verso do bilhete que Marisa lhe tinha entregue e disse:

- Pronto, agora podem pôr aqui o quarto da Marisa Costa? Preciso mesmo de lhe falar, não tenho o número dela e só mesmo assim é que poderei falar.

Silenciosamente, Juana procurou o número do quarto e mostrou a Manuela, que o escreveu na página que estava em branco.

- Lembre-se, nós não fizemos isto! – informou Manuela.

Beto deu um beijo a cada uma delas, na face, e agradecendo mais uma vez, pegou no papel e acenando-as já de longe, disse-lhes:

- Vocês são uns anjos! Que seria de mim sem vocês por cá…

As recepcionistas limitaram-se a encolher os ombros e a sorrir.

Beto dirigiu-se para o elevador e, assim que o apanhou, viu-se ansioso por chegar ao quarto de Marisa. Só a queria abraçar!

Mas, assim que se estava a aproximar do quarto dela, começou a ouvir:

- Já te disse, Arnaldo, não vale a pena! E não precisas de ir buscar-me ao aeroporto sequer!

Desapontado, ficou parado à porta do quarto dela, pensativo: "E agora, bato e exijo explicação? Vou-me embora? Ela disse-me que ele está bloqueado, será que o desbloqueou? Ou ele arranjou outro número? É, se calhar foi isso…"

Convencido de que afinal Arnaldo é que estava a fazer jogo sujo, Beto decidiu bater à porta. Do lado de dentro, ouvia ainda:

- Olha, desculpa, sim? Mas estão a bater à porta e tenho de desligar, adeus!

Assim que Marisa abriu a porta, viu Beto com uma expressão irritada e assustou-se:

- Creio que tenhas ouvido a conversa, ou pelo menos parte…

- Sim, ouvi, e não gostei nada. Nem deste bilhete! – exclamou Beto, zangado. – Podes explicar-me tudo isto?

- O bilhete, não, porque acho que fui mesmo impulsiva – justificou-se Marisa, triste – mas a chamada, sim. Imagina tu que este chato ligou… do número lá do parente dele!

- O da agência de viagens? – perguntou Beto, mudando totalmente a expressão dele para indignação.

- Pois foi! – respondeu Marisa, aborrecida. - Eu pensava que era alguém da agência, a confirmar a viagem de amanhã... e eu que queria desmarcar, aproveitei, atendi! Olha... surpresa! – continuou ela, sentada em cima da cama, de perna traçada, com os cotovelos nos joelhos e as mãos a segurar o queixo.

- Mas então, e o bilhete? Porque é que achas que foste impulsiva? – insistiu Beto.

- Quem é que no seu perfeito juízo se atira para os braços de outra pessoa pouco menos de um mês depois de terminar uma relação? Conheces alguém assim? Porque eu não! - desculpou-se Marisa

- A sério? Olha que eu, sim! – disse Beto, algo irónico.

- O quê? Quem?! – questionou Marisa, algo desnorteada.

- Nós!!!! – esclareceu Beto, seguro de si. E continuou: - Ora pensa bem, tu vieste sem namorado, já estavas sem ele há tempo e pareces muito bem sem ele. Eu, vinha supostamente acompanhado, até ser abandonado na véspera, mas ainda há bocado percebi que aquele namoro não passava de uma ilusão! Porque o que eu queria era alguém assim… decidida, mas ternurenta, moderna, mas sem manias estranhas…independente, mas sem ver só o trabalho à frente…

- Tu queres dizer, alguém como eu, não é? – concluiu Marisa, abraçando-o com ternura.

- Não…! – respondeu Beto, irónico – digamos antes que… tu!

Beto beijou docemente Marisa e ela puxou-o para dentro do quarto. Instintivamente, o que parecia um beijo inocente foi-se tornando em algo cada vez mais ousado. Beto olhou para Marisa e agarrou-a por trás, , segurando-a pela cintura, Estavam os dois em frente a um espelho e Marisa inclinou-se ligeiramente para trás, deixando que Beto a beijasse suavemente no pescoço. Nisto, toca um alarme no telemóvel de Marisa, a recordar do trabalho para aquele tarde. Assustado, Beto virou Marisa para si e perguntou:

- Para que puseste um alarme a esta hora? Era para acordar outra vez?

- Tu é que me estás a fazer acordar novamente - respondeu Marisa, entre beijos – este alarme é para os nossos trabalhos de tarde, mas o meu está quase pronto, se quiseres, ajudo-te…no…teu!

Beto fez uma festa no cabelo de Marisa e, com a voz mais doce de sempre, declarou:

- Podes, e até digo mais, se quiseres participar, teria todo o gosto! Sempre seriam dois a explicar o que nós comemos! Que dizes?

- A ideia é mesmo muito boa, mas vou lá estar só para te ajudar. Não te quero tirar protagonismo! – esclareceu Marisa, acariciando a face de Beto.

- Não tiras, não te preocupes – disse Beto, calmamente – É só mesmo para dar uma ajuda no "espanhuel"..

Riram-se os dois e ligaram o portátil de Marisa, que tinha já umas pastas preparadas para essa tarde. Decidiram que a partir daquele momento iam trabalhar e deixaram–se ficar sentados, lado a lado, concentrados no que estavam a fazer.

- *Bienvenidos a mi workshop* (Bem-vindos ao meu workshop) – começou Marisa, sorridente – *hoy, voy a hablar de postres, y mezclas de dulces y salados.*(hoje, vou falar de sobremesas e de misturas de doces com salgados)

Curioso, Beto assistia do fim da fila, para não desconcentrar Marisa. No dia anterior, ela tinha-lhe dito que por causa do jantar que ele tinha pedido... ela tinha ficado com novas ideias! E por isso, ele estava em pulgas para saber que ideias seriam essas!

- *...e entonces, esta es una de mis comidas predilectas para un postre...(e* então, este é um dos meus pratos preferidos para sobremesa) - continuava Marisa, mostrando uma sobremesa feita à base de bolacha, natas e leite condensado, regado com morango, que fez Beto suspirar. Tinha sido com aquele doce que Marisa se apresentara no mesmo curso dele, e agora levava aquela "coisa" para ali, mas ela não sabia mostrar mais nada? E afinal onde é que estavam as novas ideias?

- *...pero tambien hay cosas tan sencillas como esas aqui...* (mas também há coisas tão simples como estas aqui)- e eis que Marisa mostrava imagens das tais misturas de doce e salgado, tal como ela tinha dito, o queijo com marmelada, queijo da serra com pão-de-ló, entre outras combinações clássicas, que provocaram a curiosidade do público.

-*Ayer estava cenando com mi amigo que se encuentra alli atrás* (Ontem estava a jantar com o meu amigo que se encontra ali atrás)– disse Marisa, em jeito de apresentação, indicando Beto na rectaguarda, que corou assim que viu toda a gente virar-se para ele e reconhecê-lo – *y he tenido esta idea de mostrar estas mezclas tan sencillas, pero tan buenas, que es un crimen que estean sendo olvidadas! Os digo, que son muy ricas!* (...e tive esta ideia de mostrar estas ideias tão simples, mas tão boas, que é um crime que estejam a ser esquecidas. Digo-vos, são muito boas!)

Satisfeito por ver que Marisa estava a dar destaque a ingredientes básicos, que podiam fazer uma sobremesa fora do vulgar, Beto deixou de dar importância aos comentários que estavam a fazer sobre ele e sobre Marisa:

- *El jóven de ayer, que mojó esta chica...* (o jovem de ontem, que molhou esta menina)- dizia um senhor careca

- *El chico que no habla español...* (o menino que não fala espanhol) - comentava um idoso de óculos

- *El muchacho que se ha peleado con la señorita... uy, que feo!* (o rapaz que se zangou com a menina... ui que feio!) – comentava uma senhora com a do lado, ambas muito maquiadas e cheias de jóias.

Entretanto, na recepção, Manuela e Juana estavam bastante ocupadas a tentar desmarcar a viagem de Marisa para o dia seguinte e a remarcar no mesmo dia de Beto. Só que Arnaldo também tinha conhecimentos no aeroporto e não estava a ser fácil. Até que Juana se lembrou que tinha uma amiga que, apesar de também conhecer pessoas que conheciam Arnaldo, sabiam como ele era e conseguiam enganá-lo várias vezes. Então ligou para essa amiga e esteve uns bons minutos ao telefone com ela:

- … si, es que él no puede estar allá en este nuevo dia! Me puedes ayudar? (sim, ele não pode estar lá no novo dia! Podes ajudar-me?)

- Si, te ayudo, le diré que ella se va a quedar ahi por mas dias, una semana ó más, vale? (Sim, ajudo-te, vou dizer-lhe que ela vai ficar aí mais dias, uma semana ou mais, está bem?)

-Creo que eso no sirve, ó el vira atras de ella… tenemos de intentar outra cosa…(Acho que isso não serve, ou ele vem atrás dela… temos de tentar outra coisa…)

- *Y si ella fuera com el otro nombre?* (E se ela for com o outro nome?)

- *Eres genial! Vale!*(És genial! É isso!)

Concentrada nas datas de regresso, Manuela não se apercebia muito bem do que se estava a passar, mas quase saltou da cadeira ao ouvir o entusiasmo da colega, que entretanto se despedira da amiga.

- *Mira, tenemos de ver los datos de Marisa* (olha, temos de ver os dados da Marisa) – comentou Juana, assim que desligou a chamada

-Porqué? – quis saber Manuela, curiosa Afinal, o que teria acontecido durante aquela chamada para causar tanto entusiasmo à sua colega?

- *Es que Arnaldo sabrá si la tarjeta tiene "Marisa…" como es el ultimo nombre?*(É que o Arnaldo vai saber se o cartão tem "Marisa…" como é o último nome?) – perguntou Juana, esquecendo-se de repente do nome da hóspede

- Costa – esclareceu Manuela, procurando a ficha de cliente de Marisa no computador.

- *Y entonces tenemos de poner el otro nombre de ella, que el nunca se acuerda!* (E então temos de pôr o outro nome, que ele nunca se lembra!)– explicou Juana, fazendo um gesto de troca com os dedos polegar e indicador de ambas as mãos.

- Ah… - murmurou Manuela, gesticulando um "sim" com o indicador. Procurou com calma e descobriu: "Pinho", -*Venga. Tienes aqui. Puedes llamar a tu amiga, ahora, que ya voy a decir a ella que voy a cambiar unas cositas pequeñas…* (Toma. Tens aqui. Podes ligar à tua amiga, agora, que vou dizer-lhe já que vou mudar umas coisinhas pequenas) - disse ela, com ar de cumplicidade.

Enquanto isso, o workshop de Marisa estava a terminar. Sorridente, ela fazia os agradecimentos finais:

- *Muchas gracias, espero que os tenga gustado y me gustaria verlos en mi país!* (Muito obrigada, espero que tenham gostado e gostaria de vos ver no meu país!)

Marisa recebeu um aplauso iniciado por Beto, que se estendeu rapidamente a toda a sala, sendo no entanto breve. Enquanto fazia agradecimentos a alguns convidados por terem aparecido, foi interrompida por Manuela, que se desculpou como pôde:

- Com licença, Dona Marisa, vai-me desculpar…

Marisa, que estava acompanhada de uma senhora que tinha assistido e lhe estava a dar os parabéns em espanhol, fez um gesto de interrupção e dirigiu-se a Manuela:

- Sim, o que foi?

-É que já vamos conseguir fazer o que nos pediu, mas há só um pequeno pormenor…

Beto, que se apercebera de que deviam estar a falar sobre a alteração da viagem, aproximou-se de Marisa e de Manuela, provocando receio em algumas pessoas que ali ainda se encontravam… será que iriam discutir outra vez? Virar a sala do avesso?

- Sim, passa-se alguma coisa, Manuela? – quis saber ele, curioso.

- Por acaso… passa. –respondeu Manuela, falando para os dois. – é que para a Dona Marisa voltar sem problemas, MESMO na data alterada, tem de mudar o nome…para não ser descoberta.

- Pois é…! Porque é que não me lembrei disso antes? Bastava trocar o Costa por Pinho! – recordou Marisa, como se de repente se tivesse acendido uma luz em cima da cabeça dela. – Não gosto nada desse apelido, mas para me ver livre daquele chato, lá terá de ser, nem que seja só uma vez!

- É só isso que tem de fazer? - Perguntou Beto satisfeito – e há vaga no mesmo voo?

- Há vaga no mesmo voo, e até acho que há no banco ao lado, ainda! Por acaso tiveram sorte, está quase cheio, mas… foi mesmo por um triz! – disse Manuela, piscando o olho aos dois.

- Que bom! - Disse Marisa, abraçando Beto, que a beijou na cabeça ternamente, deixando admirados os poucos assistentes do workshop que ainda se encontravam na sala. Mas eles não se davam mal? Não tinham discutido no dia anterior?

Ainda admirados, abandonaram todos a sala, enquanto Beto e Marisa se dirigiam à mesa da organização do evento, para saber onde seria o "workshop de comidas portuguesas", agora com mais uma participação: Marisa Costa.

Os responsáveis acharam aquilo bastante esquisito, mas lá permitiram, Como não tinha havido nenhuma discussão desta vez... só desejaram que continuasse assim! Limitaram-se a olhar um para o outro e a encolher os ombros.

Nisto, Beto sente o seu telemóvel a vibrar. Tirou-o do seu bolso e quase ia desmaiando quando viu no visor "Boss"

- Isto não é normal, geralmente sou eu a ligar… - disse ele, receoso do que viria do outro lado da linha

- Atende, pode ser importante… - disse Marisa, carinhosa.

Incapaz de resistir a tamanha ternura, Beto fez-lhe a vontade.

- Estou, Sr. Leonel?

- Sim, rapaz, está tudo bem por aí? Já estás aí há três dias… e tens dado poucas notícias.

- Eu sei, eu sei, acontece que hoje é um dia de bastante trabalho, como já lhe tinha dito aproveitei um evento que está a haver aqui e também vou participar. E vai ser hoje, daqui a bocadinho. – explicou Beto, tentando despachar o patrão o mais depressa que conseguia.

E, com jeitinho, afastou um pouco o telemóvel do ouvido, de modo a que Marisa também conseguisse ouvir.

- Então sempre é hoje que vais falar dos sumos de couve?

Tentando conter o riso, os dois jovens taparam a boca com a mão e Beto, após respirar fundo, lá lhe conseguiu responder:

- Não, Sr. Leonel, os sumos foram ontem, e nem fui eu que falei sobre isso. Foi o proprietário de um bar, muito simpático por sinal.

-Quem? Ele ou o bar?

- O rapaz, claro... porque é um rapaz novo, deve ser mais ou menos da minha idade, ou então é o ar do mar que o conserva muito bem! – disse Beto, fazendo com que Marisa acenasse afirmativamente e lhe piscasse o olho.

- Ah, está bem, está bem... mas então vais falar do quê? – Perguntou o Sr. Leonel

- Ai, ai, que o senhor está tão esquecido! – fingiu ralhar Beto. –então não lhe disse ontem que ia falar na nossa comidinha portuguesa? Que é tão boa?

- Desculpa, já me tinha esquecido – justificou-se o patrão. – É que sabes, sem ti aqui, o trabalho cai todo em cima de mim e a minha cabeça não é o que era...

- Não diga isso, sr. Leonel! Eu deixei um aviso na porta do outro estabelecimento a dizer que só ia voltar passado uma semana!

- Pois deixaste, mas eu abri-o! É que sabes, as coisas não se fazem sozinhas, e o dinheiro não cai das árvores!

Esta afirmação deixou Marisa admirada e Beto furioso. Então o seu patrão voltara a fazer das suas?

- Sr. Leonel, não é por o senhor ter reaberto o estabelecimento que está a ser gerido pela MINHA pessoa… que me vai fazer voltar mais cedo! Entendeu? Se quer que eu faça alguma coisa em condições, deixe-me gerir o negócio ao meu ritmo! Ou desfazemos agora o negócio!

Vendo que Beto estava a perder as estribeiras com o seu patrão, Marisa tentou acalmá-lo, fazendo-lhe uma festa no rosto. Ele, reparando que tinha ali uma verdadeira aliada, abraçou-a, enquanto continuava a falar com o seu patrão:

- Por isso, pense bem, Sr. Leonel, pense muito bem mesmo. Eu agora não tenho mais tempo, porque vou mostrar o que temos de bom a estes senhores de fora. Mas quando eu aí chegar, quero ver o meu estabelecimento de portas fechadas, com o aviso de férias à mostra, senão temos problemas.

E, sem querer mais conversa, desligou, sem sequer se despedir.

Marisa estava pasmada com o comportamento do patrão de Beto... então ele também fazia jogo sujo para manipular Beto e o obrigar a trabalhar mais? Aquilo não estava certo! Ele tinha-lhe aberto novos horizontes, dado a mão, e o homem pedia, ou aliás, exigia tudo de Beto! Era só o que mais faltava. E o seu querido Beto estava cheio de razão em ficar zangado!

- Estás bem? – perguntou Marisa, preocupada por Beto estar tão calado.

- Não! – respondeu Beto, visivelmente irritado – Eu já estava à espera que o homem me fosse dizer alguma coisa do género "anda para cá que só foste passear", mas ISTO? É demais, Marisinha, é demais!

- SShhh, tem calma, Beto, tem calma…! - disse-lhe ela, abraçando-o e beijando o seu rosto logo a seguir. – Vais ver que tudo se resolve…anda, vamos tratar mas é do teu workshop, que já só faltam poucos minutos e ainda tens umas expressões para aprender.

Apesar de pouco convencido, Beto foi com Marisa fazer uma revisão do seu "portunhol" para a sala do workshop e ali esteve a tentar rever algumas palavras de que ainda não tinha bem a certeza como se diziam…

Dali a uns minutos, começaram a entrar pessoas e a sentar-se nos lugares da assistência. Pouco a pouco, a sala ia ficando composta, e Beto, que pouco sabia de espanhol, começava a ficar nervoso. Marisa estava a notar que ele não parava um segundo, não largava a caneta e o guia de apoio, olhava para o portátil e para a sala… e estava cada vez mais irrequieto.

-Que tens, estás nervoso? – quis saber ela, tentando que Beto mantivesse a calma.

Este, no entanto, estava tão nervoso, que sem se aperceber, levantou um pouco a voz:

- Que te parece? Estou aqui em pânico!

De facto, dava para notar que Beto parecia ter-se arrependido de se ter metido naquela aventura, pois não sabia como se ia safar, sem saber falar espanhol!

Marisa, ao vê-lo naquele estado, abraçou-o e deu-lhe uma ideia:

- Primeiro que tudo, tem calma, que toda a gente ouviu, não vais querer que fiquem todos distraídos enquanto mostras a melhor comida do Mundo! Segundo, porque não falas mesmo em "portunhol"? Juntas só uma ou outra palavra em espanhol quando for precisa, para que eles percebam minimamente!

- *Perdón, señorita, a que hora es el workshop? Es que estamos esperando!* (Desculpe, menina, a que horas é o Workshop?

É que estamos à espera!)– Manifestou-se um senhor na assistência

- *Verdad, que el tiene razon! Y usted tambien va a hablar? Una vez mas?* (É verdade, ele tem razão! E a menina também vai falar? Outra vez?) – Perguntou a senhora das jóias, que também tinha ido ao workshop de Marisa.

Vendo que todos começavam a perder a paciência, Marisa beijou Beto ali à frente de toda a gente e respondeu a todos de uma só vez:

- *Es su workshop* (É o workshop dele)– começou ela, acenando para Beto – *pero voy a ayudarlo! Por eso que estoy aqui a su lado! Vale?* (mas vou ajudá-lo! Por isso estou aqui ao lado dele! Está bem?)

Vendo que Marisa estava a falar a sério e não queria brincadeiras, o público calou-se.

- Bom… então… bem-vindos a este workshop de comida portuguesa – começou Beto, tentando disfarçar o seu receio. E, continuando : - Como podem ver, a nossa comida é rica em pratos tradicionais e regionais,

O que se come no Norte nem sempre se vê no Sul...

Enquanto Beto ia falando, Marisa ia mostrando uma data de slides, que abriam o apetite e despertavam a curiosidade às pessoas que lá se encontravam.

- ... e é incrível como com apenas dois ingredientes se consegue fazer uma sopa... - continuava Beto, agora fazendo referência ao caldo verde, que despertou especial atenção e que até o *chef* do hotel veio ver do que se tratava, visto que toda a gente estava a comentar de forma positiva aquela receita.

Satisfeito, Beto passou para outra sopa, desta vez a "sopa da pedra":

- Mas também há sopas com muitos ingredientes, como esta, chamada sopa da pedra, que tem uma história engraçada e que sozinha faz uma refeição... uma *comida*. É mesmo forte!

Esta também fez despertar a atenção dos espectadores, e muitas pessoas ficaram admiradas com a história que Marisa colocou no ecrã para que toda a gente pudesse ver a origem daquela receita.

Enquanto iam vendo a história e como se fazia, os membros do público pareciam comer a sopa com os olhos e comentavam uns com os outros que tinham de provar as comidas portuguesas…

Entretanto, Beto tinha passado aos pratos de peixe e fez um aparte:

- …e dentro do *pescado*, temos os pratos de bacalhau, que são muitos! Temos pratos simples… ah, *sencillos*, como as pataniscas, ou os pastéis, que também podem ser chamados de bolinhos de bacalhau… e também há uns, agora, com queijo da serra, muito bons… há o bacalhau com natas, o bacalhau espiritual, ou o bacalhau com grão, que se chama meia-desfeita. E no Natal, quero dizer, na "Navidad", em muitas regiões do meu país, come-se o mais básico… bacalhau cozido com todos!

- *Perdón, que es eso de "meia…"?* (Desculpe, o que é isso de "meia…"?) – quis saber alguém do público, que tinha visto a imagem do bacalhau com grão, mas não percebia o que era "meia-desfeita"

- Marisa… queres dar aqui uma ajuda? – disse Beto, como que a pedir-lhe auxílio.

- Com certeza, Beto – respondeu ela, sorridente. E voltando-se para o público: - *Entonces, tenemos una media, verdad? Es como que se la estropeássemos! Es una media estropeada! El bacalao es la media..*(Então, temos uma meia, não é? É como se a estragássemos. É uma meia esragada! O bacalhau é a meia…)

- *Ah, que si, es una buena idea llamar eso…* (Ah, sim , é boa ideia chamar-lhe isso…) - diziam todos, enquanto acenavam afirmativamente.

- Bem, e agora temos pratos de carne, que também são muitos, e muito variados. –

continuou Beto, fazendo com que todos voltassem a pôr os olhos no ecrã.

Enquanto Marisa ia colocando os slides, Beto ia explicando:

- ...e o mesmo prato pode ter diferentes nomes em várias zonas do país. É como este aqui, ou este, - dizia Beto, enquanto Marisa mostrava pratos de feijoadas ou bifes com batatas fritas, que variavam conforme o local onde apontava a região.

- *...y tenemos de ver que hay algunos cambios, poquitos, en diferentes locales de nuestro país* (e temos de ver que há algumas mudanças, pouquinhas, em diferentes locais do nosso país) – continuou Marisa, para ajudar Beto, mostrando algumas variantes de pratos onde predominava a carne de Porco e a de Vitela..

- Mas agora tenho de falar da sanduíche mais famosa que só se consegue comer assim – rematou Beto, simulando estar a utilizar garfo e faca. – É a famosa francesinha! Todos que experimentam… gostam!

- *Yo la conozco, ya!* (eu já a conheço!)– disse um senhor com ar bonacheirão – *Es muy picante! Pero muy rica! Y que bien que va com una cervezita…!* (É muito picante! Mas muito boa! E que bem que vai com uma cervejinha…)

- Sim, é verdade, costumam pedir as duas coisas, eu como não bebo, peço sempre alguma bebida doce, com ou sem gás. Mas nem sempre é picante, há quem as faça sem ser picantes – respondeu-lhe Beto. – O segredo está no molho… ah, na salsa. Se levar piri-piri, então sim, fica bem picante.

-*Y es eso el secreto?* (E é isso o segredo?) – quis saber outra pessoa – *porque yo he visto una receta en internet que tenia muchas cosas…pero no hablava de la salsa exactamente como era, decia así: "mí version…"* (porque vi uma receita na internet que tinha muitas coisas, mas não mostrava como era exactamente o molho, dizia assim: "a minha versão…")

- Pois é, é que ninguém sabe exactamente como é o molho, então cada um faz à sua maneira. Mas mais ou menos picante, mais forte ou mais suave, o que interessa é que combine bem com o que estamos a comer. E que saiba bem e que não faça muito mal.

- *Si, verdad…* (Sim, é verdade…)- concordaram todos, enquanto anotavam a receita que Marisa tinha colocado no écrã

E em jeito de remate, Beto começou a fazer as declarações finais:

- E após um workshop que seguramente abriu o apetite a todos e despertou o interesse pelo nosso país – dizia ele, apontando para ele e para Marisa – termino aqui, esperando que todos visitem Portugal e não se fiquem só pelos pratos turísticos. Temos comidinha boa e toda ela apetece provar. Não falo de sobremesas, ou melhor postres, porque aqui a minha colega e amiga Marisa já fez isso. Mas volto a destacar o nosso mais conhecido... pastel de nata! Com um café, depois das refeições, sabe sempre bem.

-*Eso es con qué, masa hojaldrada?* (Isso é com quê, massa folhada?)– quis saber o que tinha falado da francesinha

Beto, meio atrapalhado, olhou para Marisa, que lhe acenou que sim, significava massa folhada.

- Sim, é massa folhada, como nós dizemos, e também há várias receitas.

Mostraram o slide final, que tinha um menu completo a rematar com um café e um pastel de nata e Beto disse:

- É assim que sabe bem acabar uma refeição. Obrigado por terem vindo, mais uma vez. – E, levantando-se e virando-se para Marisa – E obrigado, minha querida Marisa, pela ajuda preciosa que me deste. O mérito também é teu. E as palmas também são para ti.

Começou a bater palmas, tendo sido seguido de todos os membros da plateia. Marisa

corou e abraçou Beto, que voltou a agradecer-
lhe.

O *chef* do hotel, que se encontrava na rectaguarda, dirigiu-se à frente e foi pedir as receitas a Beto, visto ter ficado curioso com as imagens:

- *Look, I saw the food and I think I could make some twists in some of the recipes…*(Olhem, vi a comida e acho que podia fazer algumas alterações a algumas receitas…)

- *These recipes are good just the way they are, you'll RUIN them if you make any changes!* (Estes pratos são bons tal qual como são, vais ARRUINÁ-LOS se fizer alguma alteração) – respondeu-lhe Marisa, com um ar tão sério que ele deu meia-volta, zangado.

- Eu percebi bem? – perguntou Beto – ele queria alterar a nossa gastronomia?

- Percebeste muito bem! – disse Marisa, ainda irritada com a atitude do *chef*.. só faltava esta, um cozinheirozeco armado em carapau de corrida a alterar pratos que nem sequer conhecia, nem sabia se eram bons, se gostava ou não! Era preciso ter lata!

- Que queria el, *nena*?(...miúda) – Quis saber Júlio, que tinha acabado de chegar

- Deixa, eu respondo – intercedeu Beto, virando-se para Marisa. E, respondendo a Júlio: - Olá, Júlio, é que o cozinheiro daqui do hotel meteu na cabeça que tinha de ter as nossas receitas... para as alterar! Já viste a lata?

- E não pode fazer só um *cambiozito así*? (...uma mudançazinha assim) – Perguntou Julio, fazendo uma pinça com os dedos polegar e indicador

- Alguma vez provaste comida portuguesa? Aposto que não...- disse-lhe Beto, em jeito de provocação.

- *No...* - respondeu ele, meio envergonhado.

- Pois tens de a provar, um dia! Por enquanto vê estas imagens – disse-lhe Marisa, mostrando todas as imagens que tinha colocado durante o workshop de Beto

Júlio, ao ver todos aqueles pratos, viu-se obrigado a dar-lhes razão:

- Estão certos, tenho de admitir que não podemos *cambiar* isto!

A seguir, olhou para um e para outro e percebeu que eles já não estavam a dar-se mal:.

- *Yo* estava certo, *no estan se peleando más*!

-Pois é, até nos damos bem… muito bem mesmo! – respondeu Beto, satisfeito.

- Mas se estás aqui… quem está no bar? – quis saber Marisa, curiosa

- *Cerrei-o* (Fechei-o) por umas horas – explicou Júlio – estou *casi* sem fruta e tenho de ter *al* menos para hoje.

- Então podemos aparecer à noite…? – quis saber Beto, já a pensar nos planos para aquele final de dia

Decididamente, agora que Marisa também estava a invadir o seu coração, ele não a ia deixar fugir mais!

Conforme prometido, Beto e Marisa estavam no bar de Júlio, ao fim da tarde, para aproveitar os últimos raios de sol. E que agradável estava aquele entardecer! O ar estava levemente fresco, soprava uma aragem, que fazia com que o calor não fosse tão intenso como habitualmente.

- Que pena que vou já amanhã embora… - lamentava-se Marisa, estendida na espreguiçadeira – Lá em Portugal ainda não está tempo para andar assim com peças destas.

E acho que em lugar nenhum me atreveria a vestir peças destas! Só mesmo aqui!

De facto, Marisa tinha escolhido um vestido sem costas, de tecido bem leve, que apesar de ser sobre o comprido, dava a sensação que ao mínimo sopro poderia levantar vôo.

- Não acredito que nem no Algarve, nem no Alentejo, possas usar um vestido tão bonito como esse! – respondeu-lhe beto, que a admirava do balcão, onde se encontrava sentado, apoiado com um cotovelo e desfrutando também do magnífico pôr-do-sol.

- Nem me fales dessas zonas do país! Tive problemas lá com este vestido!

- *Qué? Qué pasó, nena?* (O quê? Que se passou, miúda?) – quis saber Júlio, curioso.

- Sim, que aconteceu, afinal? – reforçou Beto

- Imaginem vocês, eu, cheiinha de calor, com uma t-shirt de manga curta e umas calças de ganga. Eram fininhas, mas parecia que me queimavam as pernas – explicava Marisa, empoleirando-se com cuidado na espreguiçadeira e virando-se para trás, de modo a ficar de frente para os dois jovens. – Estava à procura de uma loja de artigos de praia no Algarve e lá encontrei uma, com roupa. "Óptimo", pensei eu "é isto mesmo qua preciso." Entrei na loja, fui à zona da roupa e só havia UM vestido...

- Esse...- adivinhou Beto

- Nem mais – confirmou Marisa. E era o meu tamanho! Peguei nele por uma ponta... quando sinto ser puxado por outra ponta! E era UM HOMEM que o estava a puxar!

Os jovens não sabiam se ficar admirados ou rir-se da situação... que quereria um homem fazer com um vestido de praia?

Prosseguindo com a história, Marisa relatou o resto da sua aventura na loja: - Ora puxava eu, ora puxava ele... e vi outro a desenhar! Puxei ainda com mais força, mas tive o maior cuidado para não o rasgar. Ele disse qualquer coisa na "língua de trapos dele", que nem percebi o que era, e eu, que já estava cheia de calor e sem paciência nenhuma, dei-lhe um encontrão, peguei no vestido, fui à caixa, disse que o outro senhor estava a portar-se mal comigo e saí da loja! Depois, entrei numa pastelaria, e como também tinha muita sede, bebi um sumo de laranja natural. Aproveitei, fui à casa de banho e vesti o vestido!

- E o Arnaldinho, não fez fita? – quis saber Beto

- Perdón... quen? – perguntou Júlio, como que se notasse que estavam a falar de alguém que ele não conhecia...

- Arnaldinho, é o ex dela... - esclareceu Beto, encolhendo os ombros.

- Ah, sim, *el de la pelea*... (o da zanga) – recordou Júlio, divertido

- Pois, o Arnaldo ficou chateado depois quando o viu... no Alentejo!

- Ah, por isso é que não queres ouvir falar em Alentejo... mas que se passou? – quis saber

Beto, já intrigado, por não ver mal nenhum naquele vestido.

- Imagina tu... planeia-se um fim-de-semana a dois, um cenário maravilhoso, planície alentejana, pino do verão. O que achas que seria suposto levar?- e mostrando o vestido, continuou:- Este vestido, certo? Não ia de calças, botas e camisola de gola alta!

- Claro, é que isso nem se contesta! – confirmou Beto, como que pudesse imaginar Marisa num local como o que esta tinha acabado descrever. É que nem ele a conseguiria ver de outra forma. Aquele vestido era perfeito!

- *Pero lo* que *pasó*?(Mas o que se passou) – quis saber Júlio, que até tinha interrompido a limpeza de um dos copos e estava parado a olhar para Marisa, incrédulo.

- O que se passou foi que lá se preparou tudo, tu, Júlio não sei se sabes, mas aqui o Beto sabe, o Alentejo no verão é quente, é mesmo quente...

- Pois é, pois é – confirmou Beto, acenando que sim com a cabeça e bebendo mais um gole do sumo tropical que Júlio lhe fizera há minutos.

- ...e então aqui a calorenta da Marisa lembrou-se de levar o vestidinho novo, comprado há pouco tempo no Algarve, para fazer uma surpresa ao namorado! Pensava eu, tola, que ele ia gostar!

- Não gostou? Fica-te tão bem!

- Não é que não tenha gostado! Mas disse que como íamos para o Alentejo, o vestido era um erro por causa das melgas, dos mosquitos...

- O quê? Mas ele não conhece uma coisa chamada repelente?

- Conhece! Conhece mas não gosta! E como tal, acha que eu também não deveria gostar! E por isso, de cada vez que eum me besuntava com o produto, ele nem sequer se aproximava! Resultado, o fim-de-semana acabou com ele todo picado e comigo sendo a "responsável" por lhe ter "estragado" aqueles dias! E tudo por causa do meu "maldito vestido"!

- *Perdoname*, *chica*, mas o teu novio queria que usasses o quê? Uma "*bufanda*"? (Desculpa-me , miúda, mas o teu namorado queria que usasses o quê, um cachecol?)

- *Bufanda*? Que é isso? – quis saber Beto, que não conhecia tal expressão

- -Sabes, *bufanda*, para meter aqui..- tentou explicar Júlio, por gestos, dando a volta ao pescoço

- É um cachecol – explicou Marisa, e respondendo a Júlio, prosseguiu: - sinceramente, acho é que ele queria que eu fosse de calças de ganga, tipo "vaquero" (calças de sarja/ganga corte direito, nome espanhol) e camisola de manga comprida. Só que isso no Alentejo seria para derreter! E a bicharada consegue atravessar os tecidos! Se tivesse de ser picada, era-o na mesma!

De repente, o vento começou a ficar mais forte e o vestido de Marisa subiu até acima dos joelhos. Ela lançou-o para baixo, com o braço, mas o vento insistia em não parar. Então, decidida, Marisa levantou-se da espreguiçadeira e foi ter com Beto e com Júlio.

Como que a despedir-se da enorme bola de fogo que via abater-se sobre aquele mar extremamente calmo e transparente, Marisa respirou fundo e desabafou:

- Vou ter tantas saudades disto…

Júlio, que sabia do que Manuela e Juana tinham andado a preparar, piscou o olho a Beto e acenou que não, deixando-o intrigado. O que é que ele sabia… que eles ainda não sabiam?

Disfarçando e continuando com o esquema de Júlio, Beto apoiou as mãos nos ombros de Marisa e tranquilamente perguntou-lhe, enquanto a abraçava carinhosamente:

- Ouve, Marisa, tens ainda a noite de hoje pela frente. Porque é que não vais tomar um banho, mudar de roupa, passas na recepção e perguntas à Manuela se há algum programa especial para hoje à noite? pode ser que até haja alguma coisa interessante para fazer no hotel. Ou fora dele! Depois dizes-me alguma coisa! Está bem? Vamos ver como podemos aproveitar o resto do dia.

Marisa, que não tinha percebido bem o que Beto tinha dito, estava já a ficar zangada.

- Eu devia ter percebido... - começou ela, irritada – estes dois dias muito bem e agora voltas a ser o mesmo paspalho de sempre! Tinha de ser!

- Não é isso, Marisa, percebeste mal! – respondeu Beto, tentando esclarecer o mal-entendido e correndo atrás de Marisa, que já ia aborrecida, a passo apressado, pelo areal da praia, deixando até Júlio incrédulo! - Anda cá! – continuou ele, após conseguir alcançar Marisa e segurando-a por um braço, fazendo com que ela olhasse para ele.

- Que é que tu queres? – perguntou-lhe ela, com maus modos

Vendo que as lágrimas de Marisa estavam prestes a cair dos seus olhos castanho-claros,

Beto apressou-se a limpá-las antes que elas escorressem pelo seu rosto. Calmamente, e tentando não estragar os planos que estavam preparados para Marisa, pois ele próprio também não sabia o que era, respondeu:

- Escuta, é que acho que vai haver qualquer coisa no hotel, ou aqui perto, hoje. Só que não sei bem do que se trata! Como não pesco nada de espanhol, ainda não entendi muito bem o que é! Mas acho que é depois da hora do jantar! Por isso é que gostaria que te informasses com a Manuela, ela é que é capaz de saber. Se for no hotel, sabe de certeza. Se não for ela a dizer-te é a Joana!

- Tens a certeza de que é só isso? – quis saber Marisa, ainda desconfiada.

- Tenho! – respondeu Beto, sorrindo – Olha… até eu estou sem saber o que se passa, porque é que achas que quero que sejas tu a perguntar? Se alguma coisa não estiver bem, tu és capaz de resolver na hora, e eu preciso de dicionário, glossário, tradutores…

Esta resposta fez Marisa sorrir, e tentando disfarçar, olhou para o lado. No entanto, Beto reparou que ela já não estava zangada e argumentou:

- Isso, é esse lindo sorriso que quero ver durante o resto do dia de hoje! Vá lá, vê o que andam a tratar para a noite e depois diz-me alguma coisa.

- Mas e tu, não vens já também? – quis saber Marisa, virada de lado, com um pé para o lado do mar e outro para o do hotel, de olhos piscos devido ao sol.

- Eu não, ainda tenho de pagar o meu cocktail tropical e o teu sumo, tenho também tudo ali em cima do balcão, se o Júlio não guardou dentro do bar…

- Si, que tenho aqui todo – mostrou Júlio, que tinha escutado a parte final da conversa e confirmava que guardara os pertences de Beto, para evitar que outra pessoa lhos tirasse.

-Então já os vou buscar- respondeu Beto, acenando-lhe. E, voltando-se para Marisa: - Vai lá andando, que só vou pagar e também já sigo, também quero perceber o que se passa, afinal.

-Está bem, até quero trocar mesmo de roupa, este vento já está a fazer-me perder a paciência...

Marisa esticou-se, empoleirou-se na cabeça de Beto e beijou-o suavemente nos lábios. Depois, agarrou na parte de baixo do vestido, segurando-o à altura dos joelhos e, com as sandálias na outra mão, seguiu para o hotel.

Beto, morto de curiosidade para saber do que se tratava o tal plano preparado para Marisa, correu para o bar e disse, alto e bom som:

- Conta-me tudo, Júlio!

Marisa, que ainda não estava longe, riu-se, pensando que era a forma de Beto pedir a conta... sendo original!

Reparando que ela ouvira aquilo, julio lá deu o valor das bebidas, dizendo depois em voz baixa:

- Tem calma, queres estropear tudo?

Sem saber de que estava o amigo a falar, Beto continuou, desta vez também em voz baixa:

- Mas estragar o quê, se ainda não sei de que estás a falar? Mas ela não vai amanhã embora, é isso?

- Claro que non va! Va a ir en lo mismo dia que tu!

-Tu não me digas que a Manuela conseguiu!

- Ela e a Juanita!

-BOA! Olha, Júlio, eu sei que normalmente não trabalhas à noite, mas hoje podes abrir uma excepção? Quero fazer uma surpresa à Marisa. Vou mostrar-lhe a nova data da viagem. E quero fazer-lhe uma proposta.

-Que... te vas a casar com ela? – questionou Julio, curioso

- Não, achas?! Então estivemos às turras durante dois anos e achas que ao fim de dois dias a darmo-nos bem ia já pedi-la em casamento? Acabei de sair de uma relação! E bem magoado!

- *Entom* que *vas a hacer*? – quis saber Julio

- Vou propor-lhe trabalharmos juntos. Se estivemos tão bem no workshop, ainda que tivesse sido teórico, pode ser que na prática também funcionemos bem.

- Ah, si… buena idea, pero hoy no.

- Hoje não, porquê?

- Porque estas *"facendo todo"* muito *"deprisa"*. Mostra solo a *"tarjeta"*… o bilhete.

-Está bem, então, a que horas, aqui, pode ser às dez?

- Pode…

De repente, ouviram este anúncio, que saía pelos megafones da praia e avisava mau tempo na zona costeira naquela noite

"Atención! Atención! No salgais de sus casas por favor! Hoy viene lluvia e viento fuertes para toda la costa!" (Atenção! Atenção! Não

saiam das vossas casas por favor! Hoje vem chuva e vento forte para toda a costa!)

- Bem. Parece que o bar não pode abrir hoje… mas queria fazer essa surpresa à Marisa, que ela merece! E queria que participasses, que foste tu a contar-me! – disse Beto, desapontado

- Mas *puedo* pedir no Hotel, *no les gusta mucho*, mas *si es un* dia, eles *no* se *importan*! Fico lá no bar, a "axudar" o outro "empleado", e levo a "batidora" e as frutas.

- Está bem, então até logo. Se depois quiseres uma ajuda, é só dizer.

-Vale! Logo nos vemos!

Beto seguiu para o hotel e dirigiu-se directamente à recepção. Estava entusiasmado, porque sabia que iria ter companhia na viagem de regresso..E com sorte, iriam sentados lado a lado.

Suspirando de contentamento, nem reparara que Marisa também se encontrava ali!

- Posso saber aonde foi parar esse suspiro? – perguntou ela, entre o irónico e o tristonho

- Estás aqui, nem tinha reparado… não me digas que nem a Manuela nem a Joana te disseram nada!

- Sim, avisaram-me do mau tempo, não podemos sair daqui hoje! E ao que parece prolonga-se até amanhã…não sei como vou sair de cá, e estou mesmo a ver que aquele palerma vem na mesma, estou feita! – disse Marisa, quase a entrar em desespero.

- Quê, com chuva? Ou vento? Achas que isso vai fazer com que os aviões aterrem por cá?

Desconfiada, Marisa perguntou, franzindo o sobrolho

- Como é que sabes da chuva e do vento?

- Simples… é que eu estava a entrar no hotel, pela parte de trás, e ouvi! Não percebi metade, mas ouvi "lluvia" e "viento", creio que signifique chuva e vento! – esclareceu Beto, contornando um pouco a verdade.

No entanto, isto serviu para convencer Marisa. Aborrecida, desabafou:

- E as meninas que não há meio de aparecerem, estou aqui há uns minutos e ainda não as vi hoje, só este rapazinho que parece estar aqui há bem pouco tempo...

Com efeito, o funcionário que lá se encontrava tinha ar de ser um estagiário, pois executava as funções com bastante menos rapidez do que as suas colegas, não deixando, por isso, de ser menos eficiente ou competente.

Educado e prestável, atendia os clientes com simpatia, apesar de não ter a rapidez das outras duas meninas. Reparando que Beto e Marisa apenas queriam falar com elas, convidou-os a que se sentassem um pouco, chegando a oferecer uma bebida enquanto esperavam.

Finalmente, elas chegaram e trocaram de turno com ele. Juana lançou-lhe um olhar sedutor e o jovem piscou-lhe o olho, enquanto Manuela cantarolava, em voz baixa, algo que já conhecia há muito tempo: "Ai, é amor..."

- *Entonces*, que *pasa*? (Então, que se passa) - quis saber Juana, percebendo que Beto e Marisa se encontravam ali

- É que não sei muito bem, disseram-me que havia uma surpresa preparada para hoje, mas ao que parece vem aí mau tempo e agora já não estou a perceber nada! – disfarçou Beto, sabendo perfeitamente do que se tratava.

- Eu também, até me chateei com ele há bocado, porque pensei que ele estava a mentir – confirmou Marisa.

- *Ah, no, que no queremos ver a estos dos peleados, verdad, Manu*? (Ah, não, não queremos ver estes dois zangados, não é verdade, Manela?)

- Ela tem razão – confirmou Manuela – mas faça assim... porque é que não sobe, toma um banho e se livra dessa areia toda? Eu creio que vai haver uma festa aqui à noite, uma espécie de "paraíso tropical indoors"

- A sério? – perguntou Marisa, desconfiada – e tem "dress code"?

- Informal! – esclareceu Manuela – Vá como se fosse ao campo, passear pela marginal num dia quente, ou às compras num país desconhecido… como este… não se vista é de kispo e botas de ski, que isso não combina!

Marisa riu das descrições feitas em último lugar e esclarecida subiu para o quarto.

Beto, assim que a viu dentro do elevador, murmurou para Manuela:

- Então, tens aí o novo bilhete dela?

- Tenho, está aqui – respondeu ela, mostrando-lho. E, curiosa, perguntou: – Como queres fazer agora?

- *Puedo decir una cosa* (posso dizer uma coisa) – interveio Juana, querendo dar uma ideia - *yo creo que lo mejor sea que tu mostres eso en pocos minutos porque en mi opinion ella va ahora tambien hacer la maleta.* (acho que o melhor é que mostres isto daqui a pouco, porque, na minha opinião ela vai também fazer já a mala)

- Será? – quis saber Beto, ainda sem saber exactamente o que fazer…

- Sim, a Juanita é capaz de ter razão. Faz isso e poupas uma dor de cabeça para ela! E se calhar outra para ti também!

- Obrigado! – Beto pegou no envelope e saiu a correr da recepção, dirigindo-se aos elevadores. De repente, como se se tivesse esquecido de algo, voltou à recepção e deu um sonoro beijo na face de cada uma das recepcionistas, acrescentando:

- Vocês são uns amores, não sei o que seria de mim sem vocês e a vossa ajuda!

Voltou a sair, acenando com o envelope que tinha o novo bilhete de Marisa e fazendo com que as recepcionistas olhassem uma para a outra, começando a rir às gargalhadas. Aquele hóspede era mesmo engraçado e simpático!

"Truz, Truz"!

- Já vai! Só um bocadinho… - ouvia-se lá de dentro…

Enquanto se dirigia à porta, Marisa resmungava, como se quisesse adivinhar quem estava a bater à porta:

- Só me faltava ser agora aquele palerma, era demais, terminar estes dias com a visita do parvalhão do Ar…Beto! – disse ela, contente, quando viu o amigo ali à porta.

- Pensavas que podia ser o Arnaldinho, não era? Não, sou eu. Descansa, que ele está longe.

- Como é que sabes? Por acaso viste a mensagem que acabei de receber?

- Não, não vi, mas sei que ele não te vai chatear, pelo menos durante um tempo.

- Dizes tu, olha para isto. – E mostrando-lhe o telemóvel, deixou que Beto lesse a mensagem:

"Não sei o que fizeste, mas como o bilhete da tua viagem está diferente, vou ter contigo, e é já"

Beto acenou que não com a cabeça e deixou escapar:

- É um triste!

- Triste? Ele tem é a mania que é meu dono, isso sim! – exclamou Marisa, atirando o telemóvel para cima da cama.

-. Não penses mais nesse palerma, concentra-te mas é nisto, está bem? – e agitando o envelope, Beto abraçou Marisa, beijando-a na testa.

- Isso.. o que é isso?- quis saber ela, curiosa, tentando agarrar o envelope, que Beto passava de um lado para o outro.

- Queres mesmo saber? – perguntou ele, fingindo abrir o envelope acima do alcance das mãos dela.

- Quero, quero! E pára com essas parvoíces, pareces um miúdo – exclamou ela, parando à frente dele e cruzando os braços, olhando-o muito seria nos olhos.

- Então anda cá, senta-te aqui e vemos os dois – disse Beto, batendo devagar com a mão em cima da cama, á frente do telemóvel de Marisa e ao lado dele, onde se encontrava sentado.

Marisa foi sentar-se ao lado de Beto, este entregou-lhe o envelope e ela abriu. Curiosa, tirou um papel que lhe parecia já familiar e ia dar uma resposta torta a Beto...

- Então foste fazer uma fotocópia do meu bilhete? Mas...

- Não é uma fotocópia, olha bem para os pormenores com mas atenção...- respondeu Beto, calmamente

Ao ver que Beto insistia para que ela visse melhor, Marisa reparou que o seu apelido estava alterado, o voo também... e a data também!

-Fizeste isto tudo... por mim? – Marisa estava sem palavras

- Bem, na verdade, não fui só eu, também foi a Manuela e a Joana.

-Mas e o Arnaldo? Ele vem a caminho!

- Não vem, não! Ele pode estar num avião, neste momento... mas nós estamos na América Latina e ele vai para um país do médio Oriente!

Soltando uma sonora gargalhada, Marisa nem queria acreditar!

- A SÉRIO?? – Atirando-se para cima da cama, desatou a rir à gargalhada

- A sério, trocaram a numeração dos voos... e lá foi ele!

Marisa não conseguia parar de rir. Divertida, pegou nos seus calções mais bonitos e na sua t-shirt mais colorida e disse a Beto:

-Vou bem com estas peças para a festa, hoje?

Sem querer saber a resposta, enfiou-se na casa de banho e vestiu as peças que tinha escolhido, deixando Beto à espera com o bilhete na mão.

- Até com um daqueles sacos de rede onde se colocam as batatas ficarias bem... - comentou ele, do lado de fora da porta da casa-de-banho, enquanto abanava os bilhetes na mão.

Divertida, Marisa respondeu-lhe lá de dentro, enquanto se vestia:

- Era engraçado, era... eu com um saco desses e tu com umas folhinhas apenas, costuradas com um caule bem longo que as juntava todas! Depois tínhamos era de ter cuidado com o vento!

Perdidos de riso com a imaginação que acabado de ter e que lhes desviara a preocupação do assunto "Arnaldinho perseguidor", lá saíram do quarto, quando de repente Beto se apercebeu de um pequeno pormenor:

- Espera aí! O que é que eu estou a fazer com isto na mão? – perguntava ele, admirado,

olhando para o envelope que tinha na mão –
Isto é teu!

Rindo, Marisa pegou no envelope e acenando que não com a cabeça, deixou escapar:

- Que distraídos! Dá cá, que eu guardo lá dentro outra vez.

Dirigiu-se ao quarto e colocou o envelope em cima do móvel. Voltou a fechar a porta, sem no entanto a trancar, e foi, com Beto, para a zona de refeições do Hotel, visto que uma saída a sério era impossível!

Bem-dispostos, lá se dirigiram para uma mesa, indecisos sobre o que iriam jantar. Viram tanta coisa tão apetitosa na zona do *buffet*, que só lhes apetecia provar um pouco de tudo.

Assim sendo, lá se dirigiram à área das refeições e repararam que o *chef* do hotel tinha tentado efectuar alguns dos pratos típicos Portugueses apresentados por eles no dia anterior.

- Beto, Beto, olha! – disse Marisa, encantada, olhando para uma das travessas – Aquilo não é bacalhau com natas? Mesmo que não seja do nosso bacalhau…

- Olha aqui, Marisa, isto é arroz de feijão! E aqui parece-me ser…panadinhos! Olha ali, bolinhos! Como é que ele os fez?

De repente, Marisa sentiu um cheirinho que lhe fez lembrar outros tempos e ambientes familiares:

- Hum, que bom, parece-me lombo assado! Será que tem castanhas?

Dirigindo-se ao local de onde aquele aroma tão familiar lhe vinha, abriu a tampa do recipiente onde este se encontrava e viu uma enorme peça de carne assada, recheada de fruta e partida às fatias fininhas. Encontrava-se regada por um molho cremoso que apetecia comer, e a acompanhar tinha umas batatinhas assadas e umas castanhas descascadas, bem cozinhadas mas totalmente inteiras, de modo que Marisa nem hesitou mais.

- É isto que vou provar. E vou abusar não só disto, mas também da salada – argumentou Marisa, apontando para os tabuleiros de legumes e verduras que eram tão variados e coloridos, que atraíam a atenção até das pessoas mais esquisitas ali presentes no hotel.

- Pois olha, eu sou mais petisqueiro, vou experimentar um bocadinho de tudo – respondeu-lhe Beto, mostrando o prato já bem preenchido, sem no entanto estar muito cheio.

- Uau, fizeste aí um belo colorido, também, e sem um pingo de salada! – ironizou Marisa.

- Nem é preciso, sei que vais tirar um prato para os dois – disse Beto, sorrindo, como se já adivinhasse o que ela ia fazer.

- Pronto, está bem, eu tiro saladinha para os dois. Mas só se me deixares experimentar os outros petiscos! – continuou Marisa, como se quisesse fazer com que Beto comesse menos.

Acabaram de se servir o foram sentar-se a comer. Enquanto provavam tudo o que tinham posto no prato, lá iam dando a opinião, conforme achavam no que o *chef* tinha acertado ou não.

A carne, para Marisa, tinha sido o melhor, e curiosamente, para Beto, o melhor tinha sido… a salada! Como lhe tinha adicionado o molho da carne, soubera-lhe muito bem, e as castanhas tinham dado o toque final.

Quando passaram à parte das sobremesas, voltaram a ter mais surpresas, porque viram algumas coisas que lhe pareceram muito familiares

-Olha o queijo com marmelada… o pudim… aquilo parece-me a baba de camelo! Mas como é que aguentam uma coisa destas num local tão quente como estes? – questionou Marisa

Beto também não entendia como estava perante tanto doce português… será que o *chef* também teria copiado as receitas sem que ninguém tivesse visto?

Lá se serviram de um pouco de tudo, sem cair em exageros, rematando com as deliciosas frutas tropicais que encontravam partidas noutra área, de modo que, no final da refeição, estavam bastante satisfeitos.

- Bem, acho que tão cedo não como mais doces, senão daqui a um mês deixo de caber nas minhas roupas! – comentou Marisa, suspirando.

- Pois, mas tu comeste carne assada, agora imagina eu, que comi arroz, fritos, natas… e depois, nas sobremesas ainda comi mais do que tu! – desculpou-se Beto, argumentando que tinha comido bastante mais e que por isso tinha mais motivos para não caber na roupa do que Marisa.

- Sim, meu caro, só que tu és bem maior do que eu! E mais alto! – justificou-se Marisa, mostrando a sua silhueta e a de Beto.

- Pronto, pronto, está bem!

Beto abraçou Marisa e lá se dirigiram para o bar do hotel, onde estava preparada uma noite de festa temática, com fitas, bolas de papel penduradas no tecto e balões com efeito de lâmpada espalhados no chão.

Júlio, no entanto, ainda não tinha chegado. O espaço reservado para ele estava lá, mas encontrava-se vazio! O copo misturador também ainda não estava montado... que se teria passado?

Como ainda era cedo, Beto e Marisa não se preocuparam, mas os outros hóspedes já estavam a ficar um pouco receosos, pois aparentemente, o jovem já lá deveria estar há cerca de uma hora.

- *Maybe the wind...* (talvez o vento) - dizia um americano -...*it's too dangerous* (é muito perigoso) – continuava ele, arregalando os olhos e fazendo um ar muito sério.

- *Oh, don't be silly! This is not a tornado!* (Oh, não sejas idiota! Isto não é um tornado!) – respondia-lhe um amigo inglês, descontraído e de cerveja na mão.

- *I heard he was kidnapped* (ouvi dizer que ele foi raptado) – comentava outra americana, desta vez uma adolescente, para o tal senhor inglês, deixando-o de sobrolho franzido.

- Bem, aqui já começam a criar boatos atrás de boatos – disse Marisa, sem perceber o que se estava de facto a passar.

- Vamos falar com a Joana e a Manuela, a ver se elas sabem, não achas melhor? – perguntou Beto

- Pois acho melhor, que aqui já se fala de tornados e raptos... - respondeu-lhe Marisa, já aborrecida com aquela situação toda.

Os dois jovens dirigiram-se à recepção e admiraram-se de só Manuela se encontrar lá. Tentando perceber porque nem Júlio nem Juana estavam ali, perguntaram a Manuela:

- Então a trabalhar sozinha numa altura de festa?

Ela, que estava distraída, nem se apercebera de que eles ali se encontravam.

Reparando que Manuela estava com um ar muito aborrecido a tentar reparar alguma coisa, deram-lhe uns minutos para que esta acabasse de efectuar a tarefa e depois voltaram a falar com ela:

- Manela... está tudo bem?

- Hã? – questionou ela sem saber o que se estava a passar.

De repente, olhou por cima do ecrã do monitor e viu os dois jovens, a fitá-la ali no balcão, com ar de preocupados.

- Sim, posso ajudar-vos? – perguntou ela, voltando à sua postura profissional de sempre.

- Isso perguntamos nós, que estás com uma expressão que nos assusta, aconteceu alguma coisa? – Quis saber Marisa, calmamente.

- N... não é nada, Dona Marisa. Fui só eu que me enganei e tentei corrigir aqui uma coisa, mas o sistema não está a deixar...- disfarçou Manuela, pouco convincente.

- De certeza que é só isso...? – insistiu Marisa, receosa

- A serio, não se preocupe! – respondeu Manuela, com um sorriso. – mas passa-se alguma coisa? Porque não estão na festa?

- Porque há pessoas a inventar que o Julio foi levado pelo vento, ou que foi raptado… afinal ele era para estar na festa? Que lhe aconteceu?

- Pois, dona Marisa, não foi levado pelo vento, mas quase… o carro dele não pegava e a Juana teve de o ir ajudar! Só que ele tem um carrinho minúsculo, que quase que ia levantando voo, é que o vento está mesmo muito forte!

- Ah, mas então já vem a caminho daqui? – quis saber Beto

- Sim, Sr. Beto, já estão perto, ainda há pouco recebi a mensagem da Juana, quer ver?

Os dois jovens não estavam a reconhecer a recepcionista… "Senhor Beto? Dona Marisa"? Ela tinha praticamente a mesma idade deles e já os estava a tratar por tu quase desde a altura em que tinham chegado ali ao hotel! E agora aquela formalidade toda, porquê?

Após uma breve troca de olhares, lá acenaram que não e Marisa respondeu-lhe:

- Não, deixa estar! Nós acreditamos. E se quiseres, nós mesmos avisamos de que eles estão a chegar.

- Não, eu aviso, afinal não sei bem se vão demorar cinco ou quinze minutos, com o vento que está... - continuou Marisa, deixando-os ainda mais admirados. – Mas obrigada na mesma.

- Está bem, se é assim que queres... - responderam-lhe eles, quase indiferentes a tamanha alteração de comportamento, em tão pouco espaço de tempo.

Dirigindo-se para o bar do hotel, os dois jovens estavam sem reacção perante aquela situação que tinham acabado de presenciar!

Entretanto, na recepção, Manuela desabafava consigo mesma, aflita:

- E agora, o que é que vou fazer? Como é que vou salvar estes dois daquele insistente de um raio?

Nisto, Juana, que tinha acabado de chegar com Júlio e, estava encharcada, percebeu o desespero da amiga e percebeu que alguma coisa não estava a correr bem:

- *Que pasa, Manu*? (Que se passa, Manela?) – quis saber ela, fechando o guarda-chuva, que em poucos segundos tinha ficado, tal, como ela, também encharcado.

- *Eso se pasa, mira el ordinador*! (passa-se isto, ora vê o computador!) – respondeu-lhe Manuela, com o ar mais preocupado do mundo.

- *Qué? Pero no puede! Julio, viene a ver eso!* (O quê? Não pode ser! Júlio, anda ver isto!) - comentou Juana, chamando Júlio, que acabava de entrar pela zona da garagem, carregado com um caixote cheio de legumes e frutas.

- *Qué, nenas?* (o quê, miúdas?) – quis saber ele, pousando o caixote em cima do balcão e debruçando-se, para que Manuela lhe mostrasse qual era o motivo de tanta preocupação. Só que, para que ele conseguisse ver melhor, rodou o monitor um pouco.

Tinha havido uma fuga de informação na agência de viagens onde Marisa fizera a primeira reserva e para onde Juana e Manuela tinham ligado a alterar os dados. Arnaldo tinha descoberto tudo e no voo de interligação que o poderia levar até ao Médio Oriente… conseguira fazer a "correcção" da viagem! No dia seguinte à tarde estaria ali, no hotel!

- Y AHORA??????????? – quis saber Juana, tremendamente assustada. Ela sabia que Arnaldo era muito possessivo, pelo que o seu conhecido da agência local lhe tinha contado… Não sabia se era violento, mas nunca se sabia…

- *Que no tengas miedo, nena, por lo que sé, no hay problemas.* (Não tenhas medo, miúda, pelo que eu sei, não há problema) – confortou-a Julio.

- *Es que la señorita Marisa que ponia los pantalones….*(era a menina Marisa que vestia as calças) – disse-lhe Manuela, deixando Juana com um ar aparvalhado.

- *El* qué? (O quê?) – Perguntou ela.

- *Que ha sido Marisa quien terminó todo…y es ella decidiendo lo que quiere ó no.*(Foi a Marisa que terminou tudo, e é ela que decide o que quer ou não) – disse Júlio. E, pegando na caixa das frutas e dos vegetais, desculpou-se: - *Y ahora tengo de irme, que quiero ir a una fiesta!* (E agora tenho de ir, que quero ir a uma festa!)

Pegou no cesto, levantou-o acima da cabeça e tornou a baixar, deixando-o à sua frente, ao nível da cintura. Dirigiu-se para o bar do hotel e gritou a plenos pulmões:

- *La fiesta*!!!!!!!!!!!

- *Let's partyyyyyyyyyyyyyyyyyy*!!!!!!!!!!!!!!!!!!! - Disseram os americanos que já o tinham dado como desaparecido ou raptado, minutos antes

Com um olhar de censura, Beto e Marisa sorriram, encolheram os ombros e abanaram a cabeça. Aqueles americanos…!

De repente, no meio da multidão, que já era bastante, encontraram uma cara que lhes parecia já um pouco familiar. Mas de onde seria…?

Marisa pensou um bocadinho, e, antes de fazer fosse o que fosse, inclinou-se para Beto e comentou:

-Olha, Beto, olha quem veio para a festa, também… o "mestre" da cozinha do hotel!

- Já reparei, até estava a pensar se era mesmo ele ou não… queria ter a certeza antes de te dizer alguma coisa, também…

-Será que foi ele que fez aquela comidinha toda? – questionava Marisa, em jeito de dúvida

-Não sei, mas olha que se foi ele, teve de precisar de bastante ajuda… os nossos pratos parecem simples, mas para ficarem bons, precisam de uns truquezinhos…

-Então espera aí, que já venho. – continuou ela. E, piscando o olho a Beto, sorriu, beijou-o e foi ter com o chef, que estava atrás dela, a ouvir descontraidamente a música que estavam a colocar na zona dedicada à dança.

- *Hey, so, you've finished for today?* (Olá, então acabou por hoje?)

- *Yes, I had a good help and I finished earlier.* (Sim, tive uma boa ajuda e terminei mais cedo)

Fingindo estar admirada, porque já calculava que aquele "cozinheirozeco" que se calhar achava que Portugal era parte de Espanha "nunca na vida saberia o que era a boa gastronomia Portuguesa", na sua opinião, Marisa perguntou: - *A good help? Really?* (Uma boa ajuda? A sério?)

- *Yeah, really!* – respondeu ele, todo satisfeito. – *Miss Manuela gave me HUUUUGE tips on the food today! And by the way, I made the changes I wanted to make in one of them.* ((Sim, a sério. A Menina Manuela deu-me dicas ENOOOOOOORMES sobre a ementa de hoje! E a propósito, fiz as alterações que queria num dos pratos!)

- *Let me guess, the roast!* (Deixe-me adivinhar, o assado!)– Continuou Marisa, fazendo um gesto de arquear com o braço e estalando os dedos

- *How did you Know???* (Como é que sabia???)– quis saber o chef, admirado

- *Because, my dear, that dish is marvelous in many ways! Even with no filling at all… but with the perfect seasoning… hum…!!! However, you must not let it dry!* (Porque, meu caro, aquele prato é maravilhoso de várias formas! Até mesmo sem recheio nenhum…mas com o tempero perfeito…hummm!!! Só que não se pode deixar secar!)

E virando costas ao chef, Marisa voltou para o lado de Beto, deixando o funcionário sem reacção, pensativo, a brincar com o copo que tinha mais gelo do que outra coisa, da sua bebida.

"So many things I still have to learn…" (Tantas coisas que ainda tenho de aprender),

pensava ele, enquanto rodava o seu copo sem parar.

- Então, o que lhe disseste? – perguntou Beto, ao ver que Marisa estava ali com ar de ter "cumprido o seu dever de vingancinha"

- Apenas lhe mostrei que não fiquei impressionada com o que ele fez, porque aquele palerma, que não tem outro nome, quis apanhar-me desprevenida.

- O quê? Mas que te fez ele? – quis saber Beto, já a começar a ficar aborrecido com o chef e olhando para trás.

- Não fez nada, não te preocupes! – respondeu Marisa, passando-lhe a mão pelas costas – Só que achava que me arreliava por dizer que fez a alteração do prato mais versátil que lá estava…

- A carne assada…? – concluiu Beto, olhando Marisa divertido como que a adivinhar já a resposta desta

- Pois! – respondeu esta, encolhendo os ombros – e achava ele que me ia irritar ao dizer isso. Até lhe disse que sem recheio era boa! Precisava era do tempero certo!

- É tão convencido! – disse Beto, rindo e abanando a cabeça em jeito de negação. Subitamente, lembrou-se: - espera aí, mas não lhe falaste no tempero, pois não?

- Achas, Betinho? – perguntou Marisa, carinhosamente, para depois voltar ao modo brincalhão : - Se ele quiser saber os temperos, tem a ajuda da Manuela, foi ela que lhe explicou como é que se faziam estas coisinhas boas!

- Ah, pois é, a Manuela sempre lhe pode dar essa ajuda! – recordou Beto, como se tivesse acordado de repente.

Júlio, que estava a ver os dois jovens a falar de tudo e mais alguma coisa em vez de se divertirem, dançarem, aproveitarem a noite, pediu desculpa por um momento ao seu colega do bar do hotel e foi ter com eles.

- *Entom, hoxe* só se fala? – quis saber ele, entregando uma bebida para cada um – Tomem Esta é minha oferta.

- Obrigado, Júlio. – agradeceu Beto.

Marisa, por outro lado, não disse nada, mas levantou o copo e piscou o olho, em jeito de agradecimento.

Júlio voltou para o seu posto de trabalho e os dois jovens foram para a pista de dança, que agora estava com musicas calmas.

O ambiente estava muito sereno, não parecendo sequer que lá fora estava a chover torrencialmente, pois a música abafava qualquer som exterior.

Beto e Marisa aproveitaram o resto da noite, dançaram muito e só decidiram que estava na hora de subir para os quartos quando já não havia mesmo quase ninguém na zona do bar.

Dirigiram-se para o elevador e, apesar de cansados, beijaram-se enquanto ele não descia. O elevador desceu, a porta abriu e os dois jovens, lá dentro, trocaram outro beijo ainda com mais vontade.

Indecisos sobre o que fazer, assim que se viram no andar que dava acesso aos quartos deles, decidiram que o de Marisa era o melhor. Apesar de Beto ter solicitado uma suite, com cama de casal e várias outras mordomias, o quarto de Marisa era mais amplo, mais largo e tinha vista sobre o mar e sobre a piscina do hotel, coisa que Beto não tinha.

Então, dirigiram-se para o quarto de Marisa, que até estava destrancado, pois ela não o tinha fechado "à chave", e, sempre aos beijos, entraram.

Beto acendeu a luz e Marisa avisou-o:

- Está quieto, olha que já não são horas de estarmos de luz acesa...

- Tens razão, fofinha... - respondeu Beto, entre beijos e mimos.

No entanto, esta atitude de Beto fez Marisa recuar e olhar para ele:

- O que é que me chamaste? – perguntou ela, algo receosa.

- Fofinha! Porquê, não gostas? – quis saber Beto, não entendendo a reacção de Marisa

- Não é isso, o palerma do Arnaldo já me chamava às vezes "princesinha" e tinha a mania que mandava em mim... e não quero o mesmo contigo.

- Mandar em ti? Se há alguém que tenho visto aqui mandar em ti és tu mesma... e nem calculas o quanto isso me deixa orgulhoso! – respondeu Beto, acariciando o cabelo de Marisa.

Esta, aliviada, atirou-se para os braços de Beto e abraçou-o com força.

- Quer dizer, que isto entre nós, é oficial, certo? – perguntou ela, como se já soubesse a resposta

- Fui mesmo burro, por ter achado que éramos do género cão e gato... estivemos três anos a perder tempo com as pessoas erradas! – esclareceu ele, olhando-a nos olhos e apagando a luz do tecto, tendo como auxiliar a das mesinhas de cabeceira.

Mesmo sem tirarem a roupa, esticaram-se em cima da cama, beijaram-se mais uma vez e Marisa aninhou-se em Beto, deixando que este a abraçasse ternamente. Tinham dançado tanto e estavam tão cansados, que não conseguiram que o amor levasse a melhor sobre o cansaço que sentiam. Adormeceram imediatamente, sem se aperceberem de que já estava quase a amanhecer.

"Beep-beep-beep-beep-beep!   Beep-beep-beep-beep beep!"

-Hum… que é isto… parece um telefone… - dizia Marisa, ensonada, enquanto puxava o cabelo para trás.

O barulho, de facto, vinha do seu telefone do quarto, e Marisa, despertando, apercebera-se de que tinha adormecido ao lado de Beto.

Olhou para o lado e vendo que ele ainda estava a dormir, atendeu o telefone:

- *Si, es Marisa…* (sim, é a Marisa…)

- Dona Marisa, é a Manuela, da recepção, tenho aqui uma pessoa…

Nisto, a "pessoa" tira o telefone com alguma força à recepcionista e diz, com entusiasmo:

: - Surpresa!

Marisa salta da cama e, entre o furiosa, o irritada e o surpreendida, exclama:

- Arnaldo! TU, aqui? Que vieste cá fazer?

- Ora, vim ter com a minha princesinha linda! Eu disse que vinha, não disse?

-Mas eu fui BEM CLARA contigo, eu não te queria cá!

No meio desta conversa toda, Beto acordou e viu Marisa tão aborrecida que compreendeu de imediato o que se passava. Sentou-se na cama, aproximou-se de Marisa e começou a fazer-lhe uma festa no cabelo, algo que por norma ela gostava, mas que desta vez a fez ficar ainda mais irritada. Sacudiu a mão de Beto para cima da cama, e vendo que ele se preparava para lhe virar costas e ir-se embora, Marisa, em jeito de desculpas, puxou-o para si e abraçou-o com ternura enquanto tentava despachar o seu "empecilho".

- Escuta, Arnaldo, eu NÃO TE QUERO CÁ! Fui muito clara quando disse que não queria mais nada contigo e que não vinha para cá para namoricos! Estou cá em TRABALHO!

Beto olhou para Marisa, que lhe piscou o olho e tapando o auscultador do telefone com a mão, riu baixinho, murmurando: - Estive em trabalho, agora não...

Este comentário fez Beto rir-se com vontade, mas viu-se forçado a abafar as gargalhadas, porque não queria dar a entender que estava ali, também.

- Mas tu precisas de companhia para voltar para casa, estás aqui tão sozinha... - continuava Arnaldo, insistente.

- Por acaso não, lembras-te do Beto, do meu amigo Beto? Ele também veio, também soube deste evento.

- Ah, aquele a quem tu irritavas com gosto? Está bem. Aposto que está casado e que a mulher dele também está à espera dele.

- Não sei nem me interessa, só sei que também veio e que depois quando o evento terminar cada um vai à sua vida. Por enquanto, ainda tenho muito trabalhinho por fazer aqui.

- Está bem, pronto, princesinha, vou confiar em ti, porque sei que és dedicada e não gostas desse tipo. Mas se precisares de alguma coisa, eu vou estar no hostel que fica ali junto ao restaurante da esquina, está bem? É baratinho e sabes que não gosto nada destes luxos.

Ao ouvir estas palavras, Manuela, que estava ali ao balcão, torceu o nariz e pensou : "Mas que sujeito mais esquisitinho, ainda bem que a Marisa se livrou dele!"

- Vai lá e deixa-me trabalhar, que ainda tenho muito que fazer por cá. Adeus! – Aliviada por perceber que Arnaldo não ia ficar ali no hotel, Marisa suspirou, enquanto desligava o telefone.

- Que queria ele, afinal? – quis saber Beto, que tinha assistido a toda a conversa e notara que Arnaldo ainda deixava Marisa irritada.

- Imagina isto, meu amor – começou Marisa, deixando Beto ainda mais maravilhado –

ele achava que eu estava "sozinha e indefesa" aqui neste hotel MARAVILHOSO e que ia sentir-me muito isolada no meio de tanta multidão quando tivesse de voltar para casa.

-Ah, mas que bem...- respondeu ele, divertido – e então qual foi a reacção dele ao saber que eu também estava cá?

- Então, como nós não nos damos bem e eu te irrito muito... - estava a explicar Marisa

- ...e esses tempos já passaram, mas ele nem precisa de saber... - esclareceu Beto

- Exactamente... - continuou Marisa – então, ele confia em mim e está no alojamento mais rasca aqui da zona, porque não gosta de luxos como este! E teve a distinta lata de o dizer!

- Ih, coitada da Manuela, a cara com que ela terá ficado...? – lembrou Beto, ao pensar só no facto daquele palerma ter dito aquilo em frente a alguém que trabalhava no tal "luxo".

- Vês agora o que eu tive de suportar durante dois anos? – perguntou Marisa, um bocado aborrecida com a situação que acabara de se passar.

- O que sei é que o conseguiste enganar ao dizer que tinhas muito que trabalhar! – respondeu-lhe Beto, sorridente.

- Mas eu TENHO de trabalhar… só que é para o bronze!- brincou Marisa, piscando o olho e sorrindo.

- Pois é, pois é, eu nesse aspecto, não poderei trabalhar tanto, porque não fico como tu – respondeu-lhe Beto, enquanto se levantava e se punha de pé ao lado de Marisa, acariciando-lhe a pele já levemente bronzeada. – Vamos um bocadinho à praia, aproveitar estes raios de sol?

- Mas que boa ideia! – concordou Marisa – Vamos, deixa-me arranjar um bikini… Ih, espera, não vai dar…

De súbito, a cara feliz de Marisa transformara-se em ar de desapontamento. Beto, curioso, achou aquilo estranho:

- Então mas porquê? – quis saber ele.

- Como vinha só em trabalho, nem me lembrei de que poderia ir uma ou outra altura à praia. Trouxe roupa para a praia, calções, tops, este vestido lindo, mas roupa de banho… nada!

- Então espera, acho que posso ter a solução para ti… - disse-lhe Beto, enigmático.

Saiu do quarto de Marisa e dali a uns minutos estava de volta, com um bikini novinho em folha.

- Onde arranjaste este bikini LINDO? – quis saber Marisa, admirada.

- Espero que não fiques aborrecida, era para a minha ex-namorada, mas como ambos sabemos passou-se aquilo que te contei. Isto era para ser uma surpresa para ela, até porque estas cores combinam com este local – explicou Beto, apreensivo – mas agora que te vejo com ele na mão, acho que combina muito mais contigo do que com ela, ela é mesmo mais fato-de-banho…

- Ela é que ficou a perder! Mas pronto, fico eu com ele, é bem lindo! Vou só ver se me fica bem, pode ser? – e sem esperar resposta de Beto, foi à casa-de-banho trocar de roupa, saindo de lá depois só com o bikini vestido. – que tal?

Beto estava sem palavras. O bikini assentava em Marisa na perfeição!

- Bonequinha, tu estás LINDA! Até parece que foi comprado para ti!

Divertida, Marisa decidiu entrar na brincadeira:

- Correcção, excelentíssimo senhor Beto… comprado, não… FEITO para mim! – e atirando-se para os braços dele, beijou-o com vontade e agradeceu-lhe, dizendo: - obrigada, meu amor, é lindo, lindo, lindo, e não quero saber se nem era para mim, agora passa a ser meu! Mas agora vamos, antes que comece a anoitecer!

De facto, a tarde já ia longa e os raios de sol já começavam a ser mais brandos. Mas isso não impediu estes dois jovens apaixonados de se dirigirem à praia e apanharem uns banhos de sol… e de Marisa experimentar a água do mar!

- Ui, que até a esta hora sabe bem estar aqui...   -disse ela, consolada com a transparência, a temperatura e a calma das águas tropicais daquela região. – Isto não tem nada a ver com o nosso país, se fosse no Portinho ou em Tróia já estava a tremer de frio...

- Pois, tu só gostas desses locais, eu sei, mas agora imagina se fosse um local com ondas ou água mais fria ainda! – esclareceu Beto, tentando fazer ver que havia montes de locais com mar e praia em Portugal.

- Mas olha que ali onde gosto de estar a água até nem é quente... temos de ter cuidadinho a entrar para não ficarmos cheios de arrepios! – disse Marisa, querendo dar a entender que para ela a temperatura não era o mais importante .- Eu gosto é de lá estar porque a água é calminha e limpa.

- Então não podias ir a sítios como a Nazaré, ou a Moledo...- gracejou Beto, divertido.

- Aí, para a praia, nem pensar, mas é perfeito para passear – rematou Marisa, dando a entender que conhecia bem o país de Norte a Sul e que gostava de se distrair de outras formas para além de estar na praia.

Enquanto se secava, esticada numa toalha que tinha solicitado no hotel, Marisa virou-se de barriga para cima e a certa altura sentiu que lhe estavam a tapar o sol.

- Afasta-te um bocadinho, Beto. Estás a fazer-me sombra e assim não seco!

- É este o teu trabalhinho, princesinha? Vir para a praia?

Aquela voz fez Marisa levantar-se de um salto e tapar-se com a toalha.

- ARNALDO? Que estás aqui a fazer?

- Vim dar uma volta pela praia e encontrei esta linda sereia aqui, esta sereia que me disse que ia estar cheia de trabalho.

- E vou estar! Como também tenho estado! Mas também tenho direito ao meu descanso! E agora não tenho de te dar satisfações! – esclareceu Marisa, sempre de toalha enrolada em volta do corpo, para que Arnaldo não a incomodasse por causa do bikini.

- Olha, desculpa, mas já reparaste que nós viemos aqui a trabalho, por acaso? – intercedeu Beto, que estava sentado numa cadeira de esticar para trás e tinha o guia de conversação com ele, para iludir o ex-namorado de Marisa em toda e qualquer situação que agora achasse necessária.

- Eu estou a falar com a minha namorada, por favor não se meta – respondeu Arnaldo, arrogante.

- Estás a falar com quem?! Com a tua namorada?! Já te esqueceste de que já não temos nada? – argumentou Marisa, já a perder a paciência.

- Pois é, segundo o que ela me contou há dias, vocês terminaram tudo, ou melhor, tu puseste um ponto final, porque ela decidiu vir para cá... em trabalho! – continuou Beto, tentando com que Arnaldo parasse de perseguir Marisa e de o tratar com aquela arrogância como se ele fosse um ilustre desconhecido, quando eles já se tinham cruzado antes e até se tratavam por "tu".

- Oh, mas que bonito, o coleguinha que é constantemente gozado… a defender a senhora madame! – gracejou Arnaldo, não compreendendo ainda o que realmente se passava entre os dois.

Encolhendo os ombros, Marisa e Beto deram meia volta e deixaram Arnaldo no meio do areal, de pé, a dizer, enquanto eles se afastavam:

- Vejam lá mas é se o hotel aguenta com as vossas discussões!

- Vamos ao bar do Júlio num instante? – perguntou Marisa – quero que ele fique a par desta pecinha triste, para que nos avise sempre que está perto…

- Pensaste bem, vamos lá!

Dirigiram-se ao "bar de la playa" e Júlio, que tinha observado a cena que Arnaldo tinha feito, quis saber:

- *Entom*, *nena*, (então, miúda) este é que é tu ex?

- É este mesmo… vês como ele é um triste? Diz e desdiz, acha que ainda sou namorada dele.

- *Pero* se não é *así*…(mas se não é assim)… - e encolhendo os ombros, continuou a limpeza dos copos dos clientes que lá tinham estado antes.

- Olha, agora o que precisava era de um cocktail dos teus, arranjas-me? Depois passo cá e pago-to…

- É que nem pensar! Este dou-te eu! – exclamou Beto, abraçando-a.

- Está bem, mas olha que depois pago-te! – disse ela, sempre embrulhada na toalha.

- Não queres vestir os calções e o top? Sempre ficavas mais agasalhada… - sugeriu Beto, entregando a Marisa a roupa que esta tinha vestido por cima do bikini para vir para a praia.

- Até vestia, mas dispenso olhares alheios – respondeu ela, inclinando ligeiramente a cabeça para trás.

- Vem para cá e *pones tu ropa* (vestes-te) aqui. – sugeriu Júlio, abrindo uma porta do bar que dava para um vestiário exclusivo para funcionários.

- Olha que boa ideia, vou mesmo aproveitar – exclamou Marisa, satisfeita. Entrou no bar e, antes de ir para o vestiário, fez o pedido: - então, enquanto me visto, fazes-me o cocktail, Júlio?

- Si, fruta tropical! – esclareceu ele, antes de começar a descascar e a partir a fruta para fazer o sumo.

- E então, como é que nos vamos livrar dele? A Marisa e eu já fizemos de tudo, tens alguma ideia?

- *Solo una...* mostrar que *no se pelean...*(não implicam um com o outro)

- O quê? – perguntou Beto, meio perdido com a pronúncia.

- *Que no…* - e depois de parar com o copo misturador, Júlio fez o gesto de dar socos no ar.

- Tens a certeza? – voltou a questionar Beto, franzindo o sobrolho, como que duvidando da teoria dele.

- *Si! O ele nom larga a nena* (Sim! Ou ele não larga a miúda)

Marisa, que tinha acabado de sair do vestiário, perguntou ao Júlio o que ele tinha acabado de dizer:

- Como é que achas que ele afinal vai acabar por me largar, então?

- *Que le muestres que no se pelean más, tu y aqui el português puro…* (mostras-lhe que já não implicam mais, tu e aqui o português "puro")

- Mas achas que assim dá resultado? – continuava Beto, desconfiado

- Sabes que até pode dar? – perguntou Marisa, como se de repente tivesse tido uma ideia. – Se não deu das outras formas, pode ser que resulte assim!! Júlio, o meu cocktail, está pronto?

- *Frutas tropicales para una chica con aire tropical!* (frutas tropicais para uma miúda com ar tropical) – brincou Júlio, entregando-lhe o batido.

Marisa provou e gostou tanto que quis que Beto experimentasse. Este também gostou e de imediato exclamou:

- Júlio, dá-me esta receita, quero levar este batido comigo!

O barman ficou tão satisfeito que lhe deu a receita e pediu para que não alterasse em nada, ou perderia as características e alteraria o sabor por completo.

Entretanto, o dia já começava a escurecer... Beto e Marisa saíram do bar e voltaram ao hotel, satisfeitos por aquela tarde, mas aborrecidos por terem encontrado o "empecilho" do Arnaldo, que não parava de incomodar Marisa, nem mesmo fora da zona de conforto dele, num local que lhe era totalmente estranho.

Quando iam subir para os quartos, foram intercetados por Manuela:

- Atenção, que o Sr. Arnaldo está no seu quarto, Dona Marisa, eu tentei impedi-lo, mas ele quase que me puxava para fora do elevador, quando o avisei de que a atitude dele ia contra o protocolo do hotel...

- Está bem, Manuela, ela hoje fica comigo, não se preocupe que aquele palerma não a vai incomodar. – esclareceu Beto, ao reparar que Marisa estava quase a perder as estribeiras e já não sabia mais o que fazer ou o que dizer.

- Tens a certeza? Olha que eu não te quero incomodar! – argumentou Marisa, receosa.

- Tenho, tenho, vou fazer de tudo para que ele não te chateie mais – respondeu Beto, seguro de si, beijando-a na testa.

- Então está bem, vamos lá para cima e eu vou contigo ao meu quarto, para que aquele CHATO pare de nos incomodar de uma vez por todas!

- Pronto, se queres vir comigo, vamos, dois contra um sempre somos mais fortes... - disse Beto, dando a mão a Marisa.

Saíram do elevador e dirigiram-se ao quarto de Marisa, de onde ouviram a televisão ligada em altos berros

- Sempre o mesmo, não tem respeito por ninguém... - desabafou Marisa, revirando os olhos

Beto bateu à porta com alguma força e de lá de dentro ouviu-se uma voz autoritária:

- Espere!

- Este "Arnaldinho" tem muito maus modos, não tem? – perguntou Beto, do lado de fora, a Marisa, enquanto esperavam, num tom tão baixo, que Arnaldo, lá de dentro, não ouviu nada.

- Se tem... o pior é que só reparei nisso passado um ano de começarmos a namorar! – respondeu Marisa, revirando os olhos e suspirando. – Felizmente acabei com...

Nisto, a porta abriu-se e Arnaldo perguntou, enquanto os via aos dois, lado a lado, sem discutir

- Acabaste com quê? Com as discussões com este senhor? – e ironicamente, virou-se para Beto: - Olá, "Betinho"! Creio que nos vimos hoje à tarde, não foi? Também vieste a trabalho?

Fazendo um esforço enorme para não lhe bater, Beto respondeu o mais educadamente que conseguiu:

- Sim, também vim a trabalho, se reparares, estão lá em baixo os nossos nomes expostos no placard que divulga o evento que houve esta semana aqui no hotel!

- Aconteceu, dizes tu! Quer dizer que já acabou! Então porque é que continuam cá? – continuou Arnaldo, desconfiado.

- PORQUE, meu caro, o *staff* aqui do hotel, os convidados, os participantes… todos querem trocar ideias! E por isso ficamos mais tempo! – tentou explicar Beto, sempre sem sair da porta.

- E agora, se me dás licença, deixa-me ir buscar o portátil, que está ali em cima, está bem? – disse Marisa, dando um encontrão a Arnaldo.

Este, que ainda se encontrava ensonado, apesar da televisão nas alturas, quase caiu para trás. Irritado, avisou:

- Eh, cuidadinho aí! És gorda?

- Não, gordo és tu! Mas deixa-me é pegar no meu material de trabalho e sair, que com este barulho infernal não se consegue fazer nada aqui!

Reparando que Arnaldo não mudava de posição e tentava implicar com Beto por qualquer motivo, Marisa aproveitou para esconder os novos bilhetes de avião na pasta do portátil, bem como umas peças de roupa interior e uma muda de roupa. Pegou na pasta, num dossier cheio de papelada e ia sair, quando Arnaldo a agarrou por um braço:

- Onde julgas que vais? O teu quarto é este, não é?

- É, pois é, mas eu não trabalho no meio da confusão e do barulho. Tu já devias saber! O local mais sossegado neste momento é lá em baixo e é para lá que nós vamos.

Puxando o braço com força, Marisa soltou-se de Arnaldo e saiu do seu quarto, levando consigo a sua chave.

- Pronto, agora se ele quiser, que vá para a pensãozeca reles onde está instalado. Aqui ele não fica mais.

- És mesmo mazinha, meu amor! – disse Beto, beijando-a – mas ele mereceu!

Dirigiram-se para o quarto de Beto e assim que entraram, Marisa largou o portátil, atirou o portátil para cima da cama e espreguiçou-se. Beto, assim que a viu com os braços levantados, tirou-lhe o top e começou a beijar-lhe suavemente o tronco. Marisa abraçou Beto e também lhe tirou a t-shirt, deixando mostrar um tronco levemente musculado, sem exagero.

- Hum... temos andado a fazer exercício! – brincou ela, reparando que Beto já não era como antigamente

- Sim, e a alimentação diferente também tem ajudado bastante... - respondeu ele, satisfeito.

Enquanto trocavam elogios mútuos, iam-se beijando, abraçando, acariciando e trocando mimos. Deixaram-se cair em cima da cama e já quase totalmente despidos, não conseguiram parar de se beijar, enquanto o dia ia avançando e a noite ia caindo.

A certa altura, já Beto se sentia totalmente renovado por aquela paixão que acabara de perceber que ainda conseguia sentir por alguém, toca o telemóvel...

-Deixa tocar, meu amor, agora nada nos pode chatear... - disse Marisa, entre beijos e abraços

- Tens razão, não me apetece estar a incomodar, e atender o Sr. Leonel agora ia-me aborrecer muito… - porque só podia ser ele, segundo Beto.

Só que o telemóvel não parava de tocar. Após uma chamada parar, tocou outra vez. E mais outra.

- Livra, quem será? O Sr. Leonel costuma ser chato, mas não é assim tanto! – resmungou Beto, já de telemóvel na mão.

Olhou para o visor e viu "minha lindeza"…e ficou aborrecido!

-Quem é? – perguntou Marisa, preocupada, ao vê-lo parar com os beijos e os mimos

- É a ex, não sei o que quer! – respondeu Beto, irritado – e ainda não percebi porque não mudei este nome!

- "Minha lindeza"? mas ela estava assim tão bonita? – perguntou Marisa, entre o curiosa e o ciumenta

- Por acaso não, pintou o cabelo de um ruivo tão feio que se notava que era artificial! – desabafou Beto, mostrando que reparava nos pequenos pormenores da ex-namorada, mesmo que ela achasse que não.

- Ruivo? Mas ruivo mesmo, ou mais para o vermelho? – quis saber Marisa, aumentando a sua curiosidade.

- Pois, mais para o vermelho, uma cor mais parecida com uma telha do que aquele arruivado bonito das pessoas de pele muito clara… - troçou Beto

Entretanto, o telemóvel parara de tocar, mas havia dado um som de mensagem:

"Perdoa as minhas atitudes, fui mal-educada, eu sei, mas tive muito trabalho esta semana e não conseguia pensar em mais nada. Amo-te muito!"

- É preciso ter muita lata, olha-me para esta descarada, meu amor! – disse Beto, mostrando a mensagem a Marisa.

- Tal como digo, é outro Arnaldo, porque é que eles não se juntam? – sugeriu Marisa, assim que leu as palavras da "ex" de Beto.

-Espera aí, deixa-me responder-lhe, vamos comer qualquer coisa, depois… - disse Beto, pegando no telemóvel.

-Não, espera, tive uma ideia melhor. EU respondo! Dá-me o número dela, que digo-lhe o que ela merece – lembrou Marisa, pegando no seu telemóvel que estava na pasta do portátil.

Beto voltou a olhar para Marisa, desenhando-a mentalmente e imaginando um quadro onde ela estivesse retratada… era a pintura perfeita!

-Tu és linda, sabias? – perguntou ele, em tom de afirmação, fazendo-a corar.

- Oh… não digas isso… sou agora linda… - e pegando no telemóvel, tentou mudar de assunto, voltando a sentar-se ao lado de Beto: - vá, dá-me lá o número dessa parvalhona, que vou dar-lhe a resposta que ela merece!

- Vê lá o que vais dizer…- disse ele, algo assustado.

- Não te preocupes, vou só pô-la no lugar dela, não a vou insultar! Repara só.

E começou a escrever, sempre com Beto ao seu lado a ler:

"Olá, minha querida, aqui é a nova namorada do Beto. Nós já nos conhecemos, mas decerto que não te lembras de mim. Só te digo uma coisa: Perdeste um namorado e tanto, ele tratava-te muito bem e tu fizeste dele gato-sapato. Agora paciência, não venhas tentar recuperar o que já não é, nem nunca foi, teu. Até porque não és dona dele"

-Boa, eu não escrevia melhor! – exclamou Beto, todo contente. – E gostei do pormenor "nova namorada"!

- Hã? Estive bem, não estive? – disse Marisa, orgulhosa da mensagem que tinha enviado.

- Muito bem, meu amor! – respondeu Beto, voltando a cobrir Marisa de beijos.

Nisto, é a vez do telemóvel de Marisa começar a vibrar.

- Hum, queres ver que ela me respondeu?

Marisa estava certa. Aparecia no visor o número da ex de Beto, com uma mensagem nova. Beto pegou no telemóvel e com autorização de Marisa começaram os dois a ler:

"Olha lá, minha pacóvia, se julgas que me vais roubar o Beto podes tirar o cavalinho da chuva, porque só lhe pedi um tempo, está bem? Ele percebeu muito bem o que quis dizer com o muito trabalho. Era mesmo MUITO trabalho."

- Queres ver como a calamos, fofinha? – respondeu Beto, para sossegar Marisa, que começava a fica irritada por ter sido insultada.

Pegou no telemóvel, procurou o contacto "minha lindeza" e resolveu enviar a mensagem de resposta:

"Tenho algumas coisas para te dizer... primeiro, tu deixaste de ser a minha lindeza; depois, não pediste um tempo, terminaste mesmo. E finalmente, quando quiseste reatar, já era tarde, outra pessoa já tinha como por milagre colado os cacos que tu causaste, ao partir por completo o meu coração. Assim sendo, não quero uma pessoa que acha que só se pode namorar nos tempos livres. Podes ir ter uma relação com o teu trabalho e ser muito feliz com ele!"

Foi ao seu contacto e fez o mesmo que Marisa fez com o de Arnaldo: bloqueou-o!

- Pronto, princesinha, vamos jantar? Estou esfomeado! – disse ele

- Sim, vamos, que também quero alguma coisa, aquele sumo era delicioso mas já lá vai há umas horas!

-Queres mudar de roupa antes de irmos? Deve estar frio para esta – disse Beto, apontando para as peças ao fundo da cama.

-Sim, trouxe umas calças e uma t-shirt, já me despacho num instantinho.

Enquanto Marisa se vestia rapidamente, Beto colocou o dossier e o portátil de Marisa ao fundo, na mesinha de apoio. Ao lado, colocou o material que tinha comprado na papelaria dias antes, para dar um ar mais arrumado e profissional ao quarto.

- Pronto. – disse ele – assim se aquele imbecil vier incomodar, já temos a desculpa perfeita para mostrar que aqui se trabalha.

- E trabalha-se mesmo muito – gracejou Marisa, saindo da casa-de-banho. – nota-se…

Riram-se os dois e, com um beijo, saíram do quarto rumo ao restaurante do hotel.

-Hum, tenho algum receio, meu amor, olha que não sei se isso vai dar certo…

- Mas porquê, fofinha? Não tinhas de lá estar a tempo inteiro, era só mesmo entregar as tuas sobremesas maravilhosas a partir da altura que as existentes começassem a esgotar! E não seriam todas!

Enquanto jantavam, Beto lá se decidira a fazer a tal proposta de que se tinha lembrado no dia anterior… e talvez por receio, ou por estar a descobrir que o seu coração sempre batera com força por Marisa, deixou adiar essa conversa e estava a tê-la agora, ali, em plena sala de jantar do hotel. E desta vez era a Marisa, a "sua ousada" Marisa, que estava receosa…

- Sempre estive habituada a trabalhar sozinha, apesar de ter o Arnaldo como provador oficial, se bem que ele não servia para mais nada além disso -.ironizou ela, mantendo o ar sério com que começara a conversa

- Mas sempre enviaste os doces e as sobremesas para os clientes, não foi? Sempre tiveste maneira de fazer chegar o teu produto a algum lado... - insistia Beto, "vestindo" a fachada profissional.

- Sim, sou eu mesma que faço isso. Só que às vezes lá conseguia que aquele palerma o fizesse, mesmo mostrando má cara e tudo... dizia que não era "meu criado" – continuou ela, revirando os olhos ao falar do ex-namorado.

- Vês? Já mostras que tens bastante trabalho e que aquele idiota não te dá valor. Assim, Ficando comigo, fazemos com que o meu patrão tenha menos trabalho!

- Como assim, meu amor? – tentou perceber Marisa – agora vais ter de me explicar...

- Ora bem, fofinha... O Sr. Leonel, o meu patrão, já tem alguma idade. E confiou-me aquele cafezinho "de bairro", que aos bocadinhos fui transformando numa coisa ligeiramente melhor. Já tenho um ou outro sumo natural e já vou tendo umas tostinhas e umas sandezinhas mais compostas. Só que os clientes às vezes dizem que depois de algo assim fazia falta um docinho, não querem comer bolos tradicionais de confeitaria! E é aí que tu entras!

- Mas e se o teu patrão não gostar da ideia? – perguntou Marisa, receosa.

- Aí, temos uma solução, que é comprar-lhe o estabelecimento e ficamos NÓS a tomar conta dele! Mas sempre nessa base, que te parece? Não precisas de lá estar, sequer… trocamos o horário, que aquilo está impossível, fazemos um plano totalmente novo e seguimos com estas ideias… que te parece? O meu patrão até precisava de descansar um bocado, três estabelecimentos para ele são demais! Ficaria com dois e eu, quer dizer, nós, com este!

Assustada, Marisa quase se engasgou, antes de perguntar:

- O teu patrão tem TRÊS estabelecimentos?

- Sim, eram todos cafezinhos de bairro. Agora ele está num e o filho está noutro. E esses dois continuam iguais... São espaços pequenos, mal dá para estar ao balcão e as pessoas quase se acotovelam para tomar o pequeno almoço. O outro, que é maior, foi onde fiquei.

Após um momento de silêncio, Marisa decidiu fitar Beto , piscar-lhe o olho e, entre as colheradas da sobremesa, respondeu:

- -Bem eu vou pensar na tua proposta, que não me desagrada nada, mas vamos ter de falar também com o teu patrão, está bem, meu amor?

- Não te preocupes, eu acho que ele não tarda está aí a ligar, e depois falamos nessa proposta, fofinha. – esclareceu Beto, satisfeito e dando também uma garfada na sobremesa de Marisa. – Bem, isto é bom, é diferente de tudo o que conheço...

- Por acaso eu já conhecia isto – disse Marisa – é uma tarte feita com várias camadas, só que ficou toda desfeita... às vezes, a partir, acontece isto.

- E também estás a comer com colher... - lembrou Beto – estas coisas não se comem com um garfo?

- Comem, mas foste tu que ficaste com o meu "tenedor", – brincou Marisa. – estavas à espera de quê?

Continuaram a deliciar-se com aquele doce e a brincar, enquanto mandavam piropos um ao outro. Terminada a sobremesa, foram ao quarto de Beto, pois este tinha lá deixado o telemóvel e repararam que o Sr. Leonel já tinha telefonado.

- Vês? – disse ele – que te disse eu? Ele fala todos os dias comigo, não consegue ver um local de trabalho fechado, nem por um dia só!

- Tens razão, queres que espere por ti lá em baixo, para irmos dar uma volta a seguir?

- Não, deixa estar, fica aqui, porque a conversa vai interessar a todos, mas deixa que eu falo, está bem?

- Está bem, meu amor, eu fico aqui contigo. – Respondeu Marisa, beijando Beto no rosto.

Sentaram-se os dois na berma da cama, e Beto abraçou Marisa, que se encostou no seu ombro, visivelmente cansada. A praia, a discussão com o seu ex-namorado e a troca de mensagens entre ela e a ex-noiva de Beto... tudo isto a fizera ficar esgotada!

Beto ligou para o seu patrão e reparando que já era um pouco tarde, desligou imediatamente o telemóvel, acedendo ao redactor de mensagens. Não tendo a certeza de que o Sr. Leonel ia ler fosse o que fosse, decidiu na mesma arriscar:

"Boa noite, Sr. Leonel, ainda liguei mas já deve estar a dormir. Tenho uma proposta para lhe fazer e espero que goste do que lhe vou dizer. São MUITO boas notícias;). Cumprimentos, Beto"

Olhando para o lado reparou que Marisa adormecera no seu ombro. Com muita ternura, pegou nela ao colo e colocou-a em cima da cama. Tirou-lhe as calças de ganga, deixou estar o resto da roupa e enfiou-a dentro dos lençóis, com muito cuidado para não a acordar.

De seguida, reparou que o seu telemóvel estava a vibrar. Era uma mensagem do Sr. Leonel.

"Bem, mas ele sabe um bocadinho destas coisas a que chama modernices..." – pensou Beto, enquanto abria a mensagem. Foi ler e não conseguiu deixar de achar piada ao que o seu patrão escreveu:

"Só tu, rapaz, para me fazeres usar estas coisas de escrever. Ainda bem que me ensinaste. E a máquina insiste em corrigir o que escrevo. E depois quando é que me dizes essa proposta? E tens mais novidades?"

Rindo baixinho para não acordar Marisa, Beto respondeu:

"Sim, são novidades mesmo boas, digo-lhe só um nome, Marisa. E amanhã esclareço tudo. Agora boa noite, Sr. Leonel."

Pousou o telemóvel, e desta vez foi o de Marisa que começou a vibrar. Suspirando de aborrecimento, pois não a queria acordar, pegou nele e viu no visor o número da sua ex-namorada.

"Coisa boa não pode vir daqui..." pensou ele.

Rejeitou a chamada e enviou-lhe uma chamada, directamente do telemóvel de Marisa.:

"Olha lá, tanta coisa com o trabalho, mandavas o telemóvel pela janela, e agora queres conversa? Deixa-nos EM PAZ"

Pôs o telemóvel em absoluto silêncio e deitou-se ao lado da sua nova namorada, abraçando-a com ternura. Beijou-a na face, nos lábios e no cabelo e disse, antes dele próprio também adormecer:

- Boa noite, meu amor, amanhã é um grande dia para nós...

Aninhou-se junto a Marisa e cobriu-se também, dormindo assim os dois a noite toda, bem sossegados.

No dia seguiste, foi Marisa a primeira a acordar, assim que sentiu os raios de sol darem-lhe na cara e começarem a fazer confusão nos olhos.

- Tão cedo e já está este calor todo – murmurou ela, espreguiçando-se.

Olhou para o lado e viu Beto, com ar muito meigo, ainda a dormir. Depois... notou que estava sem os seus Jeans!

-Mas eu não me despi! E como é que eu vim parar aqui dentro?

Intrigada, pois não percebia como é que tinha ido parar ali dentro da cama, decidiu acordar Beto. Mas... ele parecia estar tão sossegado, que até dava pena acordá-lo!

"Se calhar, adormeci e foi ele que me pôs aqui... pois, deve ter sido isso..." concluiu ela, depois de pensar um pouco.

Então, mais sossegada, levantou-se e vestiu os calções que tinha usado no dia anterior e também se encontravam ali, já perfeitamente secos e sem areia. Foi à varanda, respirou fundo e espreguiçou-se.

-Hum, este arzinho abafado às vezes até é bom nesta altura, nem parece que não estamos no Verão... - disse ela, enquanto se alongava.

- O quê? – perguntou Beto, ainda meio ensonado, virando-se na cama.

- Bom dia, meu amor, já acordaste... - cumprimentou Marisa, esticando-se ao lado de Beto.

- Bom dia, fofinha, estás tão bonita, com o sol a dar-te no cabelo... - elogiou ele, espreguiçando-se na cama.

- Obrigada... mas não estás a ver bem... ainda estou toda despenteada, acabei de me levantar...

- Até com rolos e máscara na cara serias a visão mais linda do mundo! – continuou Beto, fazendo com que Marisa se risse às gargalhadas

- Livra, achas que eu ando por aí a fazer essas figuras tristes? Esses momentos de "caracterização" guardo só para mim! – esclareceu ela, quando conseguiu parar de se rir. – E não seria aqui que me besuntava toda com esses produtos que hidratam... ou limpam...

- Tem piada, nesse aspecto fazia uma ideia diferente de ti, achava que demoravas meia hora até para te arranjares... - esclareceu Beto, já bem desperto.

- Não, meu amor, essa era a Marisa de outros tempos, aquela Marisa que conheceste no curso! – explicou ela – Esta Marisa, esta aqui que tu vês, a prática, a que não quer saber do empecilho para nada, a que adora coisinhas saudáveis... essa gosta de se despachar o mais depressa possível. Troquei as horas no cabeleireiro por aparelhos que arranjam o cabelo, as maquiagens infinitas por baton de cieiro e creme multiusos, mais um batonzinho para dar cor... e deixei as palettes de cores e mais cores para dias especiais!

- Mas tu estavas tão besuntada naquele dia que...

- ...sei, naquele dia que não parava de implicar contigo, não era? Eu sei, queria chamar a atenção de alguém...- suspirou Marisa...

- como... a mim? – tentou esclarecer Beto

- É que nem eu sabia, se era a ti, se ao Júlio, se a outra pessoa qualquer... queria mostrar que eu, Marisa Costa, sou baixinha mas sou uma grande mulher. E afirmava-me com a maquiagem! – disse Marisa, algo aborrecida.

- Ah, já percebi... - murmurou Beto. – E então percebeste que não precisavas dessa fachada quando?

- Queres mesmo saber? – perguntou ela – é que foi contigo que percebi isso! Primeiro com aquele jantar no bar de tapas, onde eu já estava sem maquiagem nenhuma, tinha-a tirado pouco tempo antes... e depois, a partir daquela altura em que estivemos a tentar alterar o meu voo, que até tomámos o pequeno-almoço juntos!

- E olha que até lembras bem… pequeno-almoço! Vamos toma-lo aqui, como da outra vez? – questionou Beto, mudando o assunto

- Sim, também gostaria muito, o outro estava tão bom! E depois temos de nos preparar, que daqui a umas horas temos o avião de regresso!

- Pois é, nem me quero lembrar disso… mas ao menos já percebemos que temos mais semelhanças do que pensávamos, e que poderemos vir a ser sócios, também.

- Afinal, quem pede o pequeno-almoço, tu ou eu? – quis saber Marisa.

-Deixa que eu peço, enquanto tu vais dar check-out do teu quarto.

- Está bem.

Marisa saiu e foi ao seu quarto, fez a sua mala e dirigiu-se à recepção, onde se encontravam Manuela e Juana.

- Então, hoje é o dia da saída, não é? – perguntou Manuela.

- Sim, e devo dizer que estou muito grata, não só a vocês duas, mas também ao Júlio e ao teu namorado, juana, que também deu uma ajuda!

- *Muchas gracias... el esta aqui hace mucho poco tiempo pero ya forma parte de la casa.* (Muito obrigada... ele está aqui há muito pouco tempo, mas já faz parte da casa).

- Bem, e agora, se não se importam, deixo já pago e depois subo para o quarto de Beto, que ele pediu o pequeno-almoço; depois saímos de lá os dois, está bem?

- Vale, vale... - Respondeu Juana, enquanto Manuela tratava do recibo de Marisa.

- Pronto, aqui tem, só precisa de assinar e fica tudo direitinho, está bem? – perguntou Manuela, mostrando o recibo, comprovando o pagamento efectuado.

- Está bem. Não se importam de ficar aqui com a minha mala, do lado de dentro? É que depois ainda quero ir ao bar do Júlio... e não quero ter de andar com o contrapeso... e também não quero mostrar isto ao empecilho que já conhecemos que não gosta de luxos...

- Ah, sim, o seu ex-namorado... - disse Manuela, deixando escapar um suspiro

- Pois, esse mesmo. Se ele vir a mala, quer vir logo no mesmo voo, sentado ao meu lado... e não queremos isso.

-Está bem, ela fica aqui – esclareceu Manuela, pegando na mala de Marisa e colocando-a atrás do balcão.

Marisa subiu então para o quarto de Beto, que já tinha pedido o pequeno-almoço para dois, e estava à espera dela sentado em cima da cama, com um enorme tabuleiro de abas, recheado de coisas boas: duas variedades de queijo, três variedades de pão, croissants quentinhos, três sumos diferentes, manteiga, doce e café.

Sentando-se ao lado de Beto, Marisa colocou-se debaixo dos lençóis mais um pouco e, esfregando as mãos, lançou um último olhar ao tabuleiro antes de decidir por onde havia de começar. Beto, divertido, pegou em duas fatias de pão, colocando manteiga numa e doce noutra.

-Pronto. manteiga para mim e doce para ti – esclareceu ele , entregando a Marisa um pires com a fatia que lhe tinha preparado.

- Obrigada, meu amor – respondeu ela, com ternura.

Nisto, toca o telefone do quarto de Beto

- Até nesta altura nos interrompem... que se passa agora? – suspirou ele, aborrecido – Estou! É Beto Silva!

- Desculpe, Sr. Beto, é Manuela, da recepção...tenho uma mensagem importante para a Dona Marisa...

- Espera só um bocadinho, que já lhe passo...- ia começou Beto, quando Manuela lhe interrompeu a palavra.

- Não, não, deixe estar, também lhe pode dizer o que se passa... é que o ex-namorado dela vai estar o dia todo na praia, foi o Júlio que me ligou agora a dizer que ele chegou lá há uns minutinhos…e que já meteu conversa!

- Quer dizer que então não nos podemos ir despedir dele, é isso?

- Pois, ele está a trabalhar, mas pode ser que arranje maneira de fechar por uns momentos e venha cá antes de vocês se irem embora…

- Obrigado, Manuela, eu digo-lhe. Até já – e com isto, Beto desligou a chamada.

Marisa, que tinha ouvido tudo com a fatia na mão, estava com o braço coberto de doce.

- Então, deixaste-me aqui em *suspense*, que quem provou o doce foi o meu braço! – brincou ela.

Sem querer assustar Marisa, Beto abraçou-a e começou a explicar o que se passou:

- Sabes, fofinha, era a Manuela, a dizer que o teu ex-namorado está na praia, até já esteve na conversa lá pelo bar do júlio e ao que parece vai lá ficar o dia todo!

- De certeza foi atrás de mim… parece que ele não se lembra de que eu não gosto de ir para a praia à hora que as galinhas se levantam! – resmungou Marisa, lambendo o doce que lhe tinha escorrido pelo braço.

Beto fez o mesmo gesto de Marisa e os lábios de ambos encontraram-se para trocar um doce beijo, fazendo com que Marisa largasse o pires com a fatia de pão e besuntasse os lençóis todos com o que ia ser parte do seu pequeno-almoço!

-Ups… já vamos deixar nódoas aqui!... – disse Marisa, rindo do disparate que tinha acabado de fazer

- Hum… não faz mal... - respondeu Beto, entre beijos suaves a Marisa – acho melhor afastarmos este tabuleiro…

E sem pensar duas vezes, colocou o tabuleiro em cima da mesinha do fundo, para que a cama ficasse desimpedida.

Marisa, que se sentia algo besuntada com o doce, prendeu o cabelo como pôde e deixou-se seduzir por Beto, que estava cheio de vontade de a beijar, de a abraçar, de a mimar...

Trocaram mimos ininterruptamente, beijaram cada milímetro dos seus corpos e a certa altura ouviram um barulho no interior do organismo de um deles... Era Beto, que já sentia "a barriga a dar horas".

Marisa riu-se:

- Esse teu relógio biológico não falha mesmo!

- E agora está melhor, porque antes era quase a toda a hora... - confessou Beto, com alguma vergonha.

- Vamos então comer alguma coisa? Confesso que só agora é que me está a dar a fome – esclareceu Marisa

- Vamos, mas antes tenho uma ideia. – lembrou Beto

- O que vai sair daí...? – quis saber Marisa, um pouco receosa

- Deixa-me ver uma coisa, acho que daqui se vê o bar.

Beto levantou-se, foi à varanda do seu quarto e reparou que conseguia ver o bar e Júlio. E, de facto, lá estava Arnaldo, com as calças arregaçadas até aos joelhos

- Princesinha, anda cá ver isto! – chamou Beto, divertido.

Marisa levantou-se de um salto e foi ver o que fez com que Beto quase se desmanchasse a rir. De facto, aquela imagem era hilariante! Um rapaz novo, de camisa quase totalmente desapertada, a mostrar uma camisola interior… e umas calças de sarja claras, arregaçadas até aos joelhos!

- vês do que me livrei? Vês, vês? – perguntava Marisa, apontando para trás e dando meia-volta, indo buscar um copo de sumo.

Beto seguiu-a e agarrou-a pela cintura, perguntando:

- Mas o que julgas que estás a fazer? Ainda não sabes da minha ideia!

Beijou-a no pescoço e pegou no copo de sumo de Marisa, pousando-o na mesinha.

-Que estás a fazer? – quis saber ela, curiosa

- Já vais ver – respondeu Beto, misterioso.

Pegou noutro copo e encheu-o também com sumo, colocando ao lado do de Marisa.

- Pronto, ficam aqui os dois só por mais um bocadinho. Anda comigo ali à varanda, vamos tirar tudo a limpo de uma vez por todas. Aproveitamos e também nos despedimos do Júlio.

- Ah, então espera, deixa-me vestir aqueles calções, que eu sei que o Arnaldo detesta! Tu podes ficar assim, esses calções são giros, e não precisas de esconder nada cá para cima...- disse Marisa, decidindo pelos dois.

- Está bem, não é que goste muito deles, mas se tu achas que são bonitos...- discordou Beto

- São bem giros, um bocadinho para o compridos, mas giros!- esclareceu Marisa, enquanto vestia os seus calções.

Juntou-se a Beto, que não tinha saído da Varanda, e pôs-se à frente dele. Assim que este a viu ali ao seu lado, deu um assobio, colocando dois dedos junto aos lábios e fazendo com que Júlio e Arnaldo olhassem na direcção daquele som.

Enquanto Júlio sorriu, acenando, Arnaldo ficou boquiaberto, sem reacção, pois julgava que eles não se davam bem.

Beto retribuiu o aceno a Júlio e Marisa fez o mesmo.

- Hasta pronto! – Disse Júlio, colocando uma mão ao lado da boca, para que estes ouvissem bem.

Arnaldo, que não sabia o que aquilo significava, não fez caso da mensagem, mas não tirou os olhos de Beto e Marisa e ficou ainda mais admirado quando eles deram um beijo, mostrando que estava tudo muito bem entre eles.

- O quê??????? A minha bonequinha com aquele… - Arnaldo estava sem saber se ficava zangado com Beto, se decepcionado com Marisa, se ciumento com ambos…

- *Home, mete outra cara!* – disse Júlio, repetindo o conselho que dera a Beto dias antes. – Eles se querem… até EU vi isso! Quando eles estavam mal, eles se queriam!

- Hã? Mas quem é você para dizer isso? Não me conhece de lado nenhum! – respondeu Arnaldo, mal-educado.

- EU fiquei amigo deles assim! – respondeu Júlio, estalando os dedos

E, percebendo que Arnaldo era alguém com quem nem sequer valia a pena conversar, continuou a trabalhar, enquanto cantarolava:

- *Ay, el amor es muy lindo…*

Arnaldo, decepcionado, virou as costas a Júlio e percebeu que não havia nada a fazer em relação a Marisa. Triste, decidiu ir ao hostel onde estava alojado e fez check-out para regressar imediatamente.

Beto e Marisa, por outro lado, estavam a apreciar a vista por mais uns minutos e depois decidiram ir para dentro.

Pegaram nos copos de sumo e, novamente, foi Beto que perguntou:

- E agora, brindamos a quê?

Marisa, que já estava perdidamente apaixonada por Beto, respondeu prontamente:

- A uma nova vida, uma nova etapa e a estes dias que estivemos aqui, que foram autêntica paixão!

Beto concordou, acenando com a cabeça. Enquanto faziam os copos tilintar, concluiu, no brinde:

- A estes dias de paixão.